JN432643

노루똥

노루똥 (큰글씨책)

초판 1쇄 발행 2018년 3월 12일

지은이 정형남
펴낸이 권경옥
펴낸곳 해피북미디어
등록 2009년 9월 25일 제2017-000001호
주소 부산광역시 동래구 우장춘로68번길 22
전화 051-555-9684 | 팩스 051-507-7543
전자우편 bookskko@gmail.com

ISBN 978-89-98079-26-0 03810

* 책값은 뒤표지에 있습니다.
* 이 도서의 국립중앙도서관 출판예정도서목록(CIP)은 서지정보유통지원시스템 홈페이지(http://seoji.nl.go.kr)와 국가자료공동목록시스템(http://www.nl.go.kr/kolisnet)에서 이용하실 수 있습니다.(CIP제어번호: CIP2018006816)

큰글씨책

노루똥

정형남 소설집

해피북미디어

차례

반추동물의 역사

"어야, 도용이가 나무에 깔려 죽었다 안 한가."

"무슨 뜬금없는 소리여?"

"아침나절에 나무 한 짐 해 올 거라고 집을 나섰다는디, 알고 본께 서당골 백 년 묵은 적송(赤松)을 베다가 나무 밑둥에 깔렸다지 않는가."

"귀꿈스럽네이. 지 죽을 줄은 모르고."

"금메말시. 지금은 기억 속에 묻혀가지만 엄연히 수호수(守護樹) 아닌가. 가슴에 맺힌 역사를 말없이 나이테 속에 새긴 적송이잖은가."

"제깐 놈이 욕심 낼 나무가 따로 있제."

"누가 아닌가. 일제 때 일본 놈들이 그곳 서당을 불 질러 없앨 때, 반신불수 중풍 든 노인네맨치러 근근이 생명을 유지하였지만 마을의 잡귀와 삿된 기운을 말없이 걸러내지 않았는가."

"그 땜새 모두들 마을의 수호수를 베어서는 안 된다는 공론으로 금기시하지 않았는가. 그걸 뻔히 알면서 욕심을 낸 건 죽을라고 뭣에 씌었는가 보네. 안 그러면 무슨 꿍꿍이속이 따로 있었는지 모르겠고……."

마을사람들은 도용의 난데없는 죽음으로 서당골 적송을 새삼스럽게 떠들렸다. 그동안 사람들은 서당골 적송에 대해 까마득히 잊고 있었다. 장대수도 그 말을 듣는 순간 뒤주 속의 곰팡내 나는 묵은쌀을 꺼내듯 아득한 어린 시절로 돌아갔다.

그날은 음력 시월상달 보름달이 은하수를 가로지르고 있었다. 늦가을 쌀쌀한 밤바람은 삼라만상을 비추는 창연한 달빛을 더욱 싸늘하게 비질하였다. 장대수는 으스스 한기를 가슴에 안으며 다급하게 신발을 끌었다. 아무래도 낮에 시향을 지낸 찬 음식을 얻어먹은 뒤끝에 탈이 난 성싶었다.

"오밤중에 통시구덕에 앉아 청승맞게시리 무슨 노래여?"

잔뜩 겁을 집어먹은 채 변소에서 볼일을 보고 이불 속에 기어드는 장대수에게 나이 터울이 많은 누님이 지청구 비슷하게 한마디 하였다.

"달빛이 하두 밝아 서러운 마음이 들어서요. 싸늘한 달빛이 금방 서럽게 마음을 울리더구만요. 똥구덕에서 올라오는 고드름 똥냄새도 그렇고요."

"말은 제법 잘 갖다 붙인다."

누님은 머리통을 쥐어박듯 눈을 지릅떠 흘겼다. 그럴 때는 어머니의 정감 어린 눈길만 같았다.

"그런디요. 서당골에 무슨 불빛이 보이든만. 도깨비불은 아닌 것 같고……."

"그런께 서당골 도깨비불을 보고 간덩이가 거시기처럼 오그라들었구먼."

"도깨비불은 파란빛이 난다고 하던디 횃불처럼 보였어요."

"이 깊은 밤에 그곳이 어디라고 누가 횃불을 밝혀야."

누님은 무심하게 받아넘겼다. 그러나 이튿날 세상이 발칵 뒤집혔다. 간밤 서당골 불빛은 사람들의 가슴을 놀라게 하였다. 일본순사들이 시퍼렇게 들이닥쳐 집집마다 분탕질을 하였다. 사내들이 굴비두름으로 검거되었다. 사람들은 서슬 푸른 일본순사 앞에서 어찌할 바를 몰랐다.

"이게 무슨 난리라냐?"

사람들은 영문을 몰라 하며 망연자실하였다. 일본순사들에게 붙잡혀 간 사내들은 무려 백여 명이 넘는 숫자였다. 주재소에 다 수감할 수 없어 초등학교에 수감되었다. 읍내에서 득달같이 달려온 사복형사들은 주리를 틀 듯 심문을 하였다. 그들은 죄질이 무거운 자와 가벼운 자들을 가려냈다. 주모자급으로 분류된 사내들이 무더기로 읍내에 송치된 뒤에야 사건의 전모가 밝혀졌다. 일제에 항거하기 위해 비밀리에 조직된 항일노동운동의 결성체였고, 서당골의 서당은 그들의 비밀 아지트였다.

서당골에 서당이 세워진 것은 기미삼일독립만세사건 직전이었다. 일본이 이 나라 강토를 강제로 병탄하자, 나라 잃은 서러움과 분노를 가슴에 안은 채 은인자중하던 유림들과 유지들이 대처로 유학을 가지 못한 가난한 아이들에게 배움의 길을 열어주기 위해 뜻을 모아 서당을 세웠다. 부유한 집 자식들이나 향학열에 불타 대처로 나가 고학을 하는 자제들과는 달리 고향에 묻혀 무지랭이로 지내는 자녀들에게 눈을 뜨게 해야겠다는 사명감으로 고심 끝에 명산의 지기(地氣)가 서려 있는 터에다 서당을 짓기로 한 것이다.

그렇다면 왜 굳이 마을과 한참 떨어진 산속 분지에다 짓기로 한 걸까? 그것은 그들 나름대로 깊은 생각에서였다. 무엇보다 일제의 감시하에서 놓여나 은밀하게 모여 시국을 논하고 우정을 다지자는 생각에서였다. 그 위에 대처로 나가 향학열에 불타던 젊은이들이 독서회 등에 가담하여 항일운동을 전개하다 퇴학을 당하거나 건강상 자진 휴학을 하여 지하로 숨어들 듯 고향에 내려오자 은신처로서 그들에게 아이들을 가르치게 하였다.

일제의 감시의 눈을 피해 숨어든 학생들의 은신처가 된 서당은 자연스럽게 그들의 비밀 아지트가 되었고, 유림들과 유지의 뒷배에 힘입어 아이들에게 항일사상을 가슴에 심어주는 한편, 대처의 항일지하조직과 긴밀히 연계하였다. 기미독립만세사건이 일어나자 서울, 광주, 일본으로 유학 간 학생들이 독립선언서와 유인물을 품속에 지니고 고향에 숨어들어 와 주민들을 선동, 기미독립만세를 불렀다.

기미독립만세사건은 크나큰 반향을 불러일으켰다. 만세소리가 고을 전체를 울렸다. 일본경찰은 대대적으로 진압과 동시에 무차별 검거하였다. 발 빠르게 대처로 피신한 주동자들은 수배령이 내려졌고, 붙잡힌 학생들은 일제의 가혹한 고문 끝에 감옥살이를 하였다. 그 결과 일제는 서당을 폐쇄하였고, 감시의 눈초리를 게을리하지 않았다. 민족의식을 고취시키는 그 어떠한 교육도 용납하지 않았다. 서당은 폐허가 되었다. 그런 가운데 서당을 지을 때 기념식수로 심은 적송은 해마다 자라나 소리 없이 서당을 지켰다. 적송[蒼官大夫(창관대부)]의 쓸쓸하고 한산한 가운데 굳건한 정조(情操)는 홀로 천 가지 풀과 만 가지 나무[千卉萬木(천훼만목)] 위에 솟아 있음을 실감케 하였다.

그렇게 몇 년이 흐르자, 서당에서 향학열을 불태우며 항일사상을 가슴에 담았던 코흘리개 아이들이 코밑이 검싯한 나이가 되면서 하나둘 항일노동운동에 뜻을 모았다. 대처의 항일농민운동 단체와 연계하고서 비밀조직을 결성하였다. 그들은 세포조직으로 동지들을 규합하였고, 일제의 감시의 눈초리를 피해 부정기적으로 모임을 갖고 대처에서 보내온 신문, 잡지,

사상서에 관하여 독서회를 열어 정신무장을 하였다. 그리고 일제의 불합리적인 농정(農政)과 강제수탈을 마을회의라든가 대동계걸이 때 소상히 알려 주민들에게 알 권리를 일깨웠다.

그들은 지하조직이 가지치기를 계속하자 다시금 서당의 중요성을 깨달았다. 서당에 대해 일제의 감시의 눈초리도 멀어져 아무도 관심을 기울이지 않았다. 대규모의 항일노동운동의 지하조직이 감시의 눈을 피해 모일 수 있는 은밀한 장소라고 의견을 모은 것이다. 그들은 가만스레 서당을 찾았다. 그동안 사람의 왕래가 없었던 터라 잡목으로 어우러진 서당은 다람쥐와 새들의 서식처로 변하였다. 그들은 주위를 정비하고 향학열에 불탔던 지난날을 추억하며 마음을 내려놓았다.

그들은 한 달에 두어 번 서당에 모여 사상무장을 하는 한편 외연확대에 박차를 가하였다. 조직부, 선전부, 구원부를 조직하고 그 산하에 청년반, 농민반, 소년반을 두기로 하였다. 나아가 면과 군의 경계를 넘어 서울, 광주와 연계한 비밀결사와 동맹을 맺고, 일제의 압제로부터 벗어나기 위해 항일농민운동을 가열차게 전개하기로 하였다. 그 같은 사명감은 민족의 자존으로, 비록 출발은 보잘것없으나 장차는 항일노동운동의 초석이 될 것이라고 결의를 다졌다. 그리고 그들은 마침내 서당골에서 음력 시월상달 창연한 달빛 아래에서 기치를 높이 올렸다. 그러나 누가 알았으랴. 밀고자에 의해 일망타진 될 줄을.

항일농민운동의 주모자들이 굴비두름으로 붙들려가 형량을 언도 받고, 경중을 가려 죄질이 가벼운 사람들은 각서를 쓰고 훈방됨과 동시에 서당골 서당은 일제에 의해 소각되었다. 서당을 세우고 나서 기념식수로 심은 적송만이 반신불수로 간신히 살아남아 굴곡진 세월을 말없이 나이테 속에 새긴 채 외롭고 쓸쓸하게 비바람 찬서리를 견디었다.

장대수는 반딧불처럼 다가오는 지난 어린 시절을 깨물며 심란한 마음으로 서당골을 올랐다. 서당골을 언제 찾아왔던가? 더듬어 올라가는 길마저 수풀과 잡목으로 뒤덮여 오르기가 만만찮았다. 사람들의 기억 속에 잊히어가는 서당골이 도용의 느닷없는 죽음으로 길을 터주다니. 암만 생각해도 기이한 생각이 들었다. 그 같은 생각이 뇌리를 헤집고 든 것은 도용의 할아버지 존재가 떠올라서였다. 항일노동운동의 실체를 일제에 밀고한 사람이 도용의 할아버지라는 말이 쉬쉬하는 가운데 떠돌았기 때문이었다.

그러한 소문이 사람들의 가슴에 사실로 다가올 즈음, 도용의 할아버지는 소리 소문 없이 고향을 떠났다. 들리는 소문에 의하면 일본사람 밑에서 제법 어깨에 힘을 주고 산다고 하였다. 부산에서 밀무역선을 하는 일본인의 하수인으로 들어가 노골적으로 친일행각을 일삼는다고 하였다. 전국각지에서 수탈해 온 농산물과 지하자원은 물론이려나와 국보급 문화재에 이르기까지 밀무역으로 거래를 하는가 하면, 탄광에 종사할 사내들과 군수공장에 취직을 미끼로 조선 아녀자들을 강제로 밀무역선에 실어 보냈다. 고향사람들도 몇 사람 도용의 할아버지 유인책에 빠져 고향산천을 뒤로하였다.

"지놈이 그렇게 살아봐야 일제의 개새끼 아니여?"

고향사람들은 가래침을 뱉았다. 도용의 할아버지도 고향사람들과는 어떠한 연락도 취하지 않았다. 명절 때도 고향을 찾지 않았다.

해방이 되고 나서도 한동안 잊혀진 존재였는데, 육이오전쟁이 끝난 어수선한 시기에 예고 없이 도용의 아버지가 고향에 나타났다. 고향에 돌아오자마자 자유당도당위원장이라는 명함을 내밀며 위압감을 주었다.

"허헛, 그 애비는 일제에 빌붙어 배를 살찌우더니, 그 자식은 자유당정권의 하수인이 되었네."

고향사람들은 비아냥치면서도 대놓고 내치지 못하였다. 마음속으로는 한없이 낮추어 보면서도 비리척한 그의 행동을 타박하지 못하였다. 시골이어서 그 위세에 잔뜩 주눅이 들었다. 선거철만 돌아오면 더욱 설치고 다녔다. 더구나 이권이라면 개입하지 않는 곳이 없었다. 지 애비에게서 배운 수법인지는 몰라도 농수산물을 밭뙈지기로 헐값에 매수하여 이익을 챙기는가 하면, 각종 민원을 도맡아 해결해 준답시고 순박한 농민들의 허리를 우지끈 밟았다. 심지어는 외상으로 수매해 간 대금을 찔끔찔끔 주는가 하면, 구호물자 같은 의류 등으로 입막음하였다. 고향사람들은 그저 당할 수밖에 없었다.

"친일분자인 즈그 애비 못지 않는구랴. 토색질이나 다름없지 않는가?"

"천벌을 받을 거여."

"똥물에 튀길 인간. 지놈 분수도 모르고 다음 번 국회의원 선거에 나선다는디, 돈으로 국회의원을 산다는 거제."

"안 될 말씀. 우리들이 나서서 결사반대해야 한다고. 저런 쓰레기 같은 인간을 국회로 내보내어?"

숨죽이고 있던 여론이 고개를 쳐들었다. 권불십년이라고, 기세등등하던 자유당정권이 4.19혁명에 의해 붕괴되자 도용의 아버지 시대도 막을 내렸다. 재빨리 행적을 감춘 가운데 도용과 그의 어머니만 찬밥 신세로 버려져 고향에 남게 되었다. 도용은 본처 자식이 아니었다. 도용의 아버지가 여색을 밝힌 나머지 시골 여자치고는 미색이 반반한 도용의 어머니를 반강제로 현지처로 들여앉혀 도용을 낳은 것이다. 서출인 셈이었다. 하여 개밥의 도토리마냥 구박과 서러움을 받으며 자랐고, 본처 자식들과는 달리 어리숙하였다. 구박과 설움에 찌눌린 때문이었는지도 몰랐다. 본처 자식들은 모두가 서울에서 호의호식으로 기름지게 사는데 도용은 그의 어미와 함께 마름처럼 숨 쉬고 살았다. 도용의 어미도 타고난 미모와는 달리 시골 여인답게 톡톡 튀는 여자는 아니었다. 운명이거니 한숨으로 지새며 옷고름을 깨물었다.

도용은 마파람에 불려가듯 행방을 감춘 아버지가 미처 처분하지 못한 다랭이 논밭을 경작하며 그의 어미와 함께 단란하게 살았다. 오히려 아버지, 배다른 형제들의 그늘 속에서 벗어난 홀가분함으로 이마의 주름살을 폈다. 마을사람들도 도용의 근면하고 우직한 성품을 참작하여 할아버지, 아버지의 허물과 죄과를 도용의 이마에 문신처럼 새겨 넣지 않았다.

그런데 피는 못 속인다고 하였던가. 그의 어미가 죽고, 자식들이 자라면서 부지런한 만큼 점점 물욕에 강한 집착을 보였다. 재물이 될 성싶은 것은 허투루 여기지 않았다. 금전적인 면에서는 이웃지간일지라도 그냥저냥 넘기지 않았다. 이웃집 개가 어쩌다 닭이라도 물어 죽일라치면 그 배상을 무리하게 받아냈다. 시골 인심은 이웃 간에 그런 불상사가 일어나면, 어쩔끄나! 미안해서. 그 한마디 말로 서로가 없었던 일로 마무리 짓기 마련이었다. 이웃 간의 끈적한 우애를 내보였다. 그런데 도용은 그렇지가 않았다. 에누리 없이 손해배상을 요구하였고, 그 액수가 과하였다. 이웃에서는 영 볼썽사나운 모습으로 바라보며 요구한 대로 배상해 줄 수밖에 없었다.

그뿐만이 아니었다. 마을 어귀에다 돼지 사육장을 지어 물의를 빚었다. 사시사철 돼지똥 냄새로 코를 싸쥐게 하였고, 여름철이면 파리 떼가 들끓어 문을 제대로 열어놓을 수 없었다. 몇 차례 민원이 들어가고 마을 회의를 열어 그 부당함을 성토하였지만 소귀에 경 읽는 격이었다. 무슨 똥배짱인지 몰랐다. 도용의 비리척한 행동은 거기에 그치지 않았다. 버섯 재배를 한답시고 남의 산에서 참나무를 베어 오기를 다반사로 하였다.

"정말 몰염치한 놈이여. 즈그 할애비, 애비의 전적을 봐서라도 지놈은 수굿하게 양심껏 살아야제. 참으로 볼썽사납구만."

"해가 갈수록 욕심이 똥창 가득 들어차네."

그러저러한 일로 마을사람들과는 세월이 흐를수록 심상한 관계가 되었다.

장대수는 서당골에 이르렀다. 사람들이 웅성거리며 쓰러진 소나무 둘레를 둘러싸고 있었다. 도용은 고목 밑둥에 깔려 있었다. 얼마나 빠져나오려고 애를 썼는지 손톱은 문드러져 핏물이 맺혔고, 수탉이 두엄더미를 파헤치듯 흙바닥이 파헤쳐졌다.

"이 사람들아, 왜 그러고들 서 있나. 시신을 끌어내야제."

"경찰이 입회를 해야 한다는구먼."

"욕심을 낼 게 따로 있제, 이 무슨 참변이란가."

"그러게 말이네. 더구나 이곳이 어떤 곳인가. 기미삼일운동 만세사건과 항일농민운동의 횃불을 들어 올린 곳 아닌가. 지놈이 즈그 할애비 죄과를 생각했다면 감히 역사를 간직한 적송을 벨 수 있는가 말이여."

"암만. 망각의 두께 속에서 다들 입 다물고 있지만, 즈그 할애비와 애비의 전력을 생각하면 감히 상상도 못할 일이제."

"누가 아닌가. 비록 서당은 일제에 의해 흔적조차 찾아볼 수 없지만, 반신불수가 된 적송은 역사의 산 증인이었지 않는가."

"하여간 몹쓸 짓을 한 거여."

"헌디, 무슨 꿍심으로 눈독을 들였을게? 욕심이 똥창까지 들어찬 도용이고 보면 아무래도 지놈 관을 짤 계산속은 아니었을 것이고……."

"그 속내를 어떻고롬 알겠는가."

도용의 시신을 내려다보며 설왕설래로 말들이 오가는데, 지서장이 이제 갓 전임해 온 새내기 경찰 한 사람을 대동하고 가쁜숨으로 올라왔다.

"이런 불상사가 있나. 비극이 따로 없구랴. 어서 현장을 촬영하고, 여러분들은 시신을 꺼내는 데 협조를 해주셔야겠습니다."

지서주임은 경찰에게 현장 촬영을 명령하고 주민들을 독려하였다. 그제서야 사람들은 삽과 곡괭이로 도용이 적송에 깔린 주위를 파기 시작하였다. 가까스로 도용의 시신을 끌어내자 가족들과 몇몇 힘센 장정들이 시신을 떠메고 서당골을 내려갔다. 도용의 시신을 멀거니 바라보던 사람들은 착잡한 심정으로 여러 갈래의 상념에 젖었다. 아무리 곱씹어도 해괴한 죽음이었다.

"다들 여기 좀 와 보시오."

그때 위쪽 서당터에서 이장이 소리쳐 불렀다. 그 사이 서당터를 한 바퀴 돌아본 모양이었다. 사람들은 그쪽으로 시적시적 몰려갔다. 서당터라야 잡목으로 뒤덮여 겨우 댓돌과 주춧돌 두어 개가 흔적을 말해주었다.

"이게 분묘 같은디, 누가 여기다 묘를 썼을까요?"

"고자가 알을 낳을 일이네. 묘지 손질도 잘 되었고, 오래된 봉분 같지도 않는디 어느 사람이 묘를 썼을게"

이장의 말에 사람들은 반신반의, 머리를 갸웃하였다. 요 근래 이곳에 묘를 쓴 사람은 없었다. 이웃마을, 재 너머 마을까지 기억을 더듬으며 샅샅이 뒤적거리는데도 이곳에 묘를 쓴 사람은 없었다. 골망골망한 노인네들이 사는 시골인지라 어느 마을 누구네가 초상났다 하면 한마음으로 찾아가 문상을 하였다. 그 같은 장례문화가 돈독히 다져진 것은 장례예식장이 들어선 편리함도 작용하였다. 어쩌다 객지에서 삶을 마감한 사람이 고향의 품으로 돌아올 때도 마을사람들이 애도의 마음으로 정성껏 장례를 치러주었다.

"알다가도 모르겠네. 가만, 혹시 가묘가 아닐게?"

"그 말도 일리가 있는 성싶으이. 예부터 명당자리라고 하들 않던가. 우리 어렸을 때만 해도 가뭄이 들면 누가 이곳에 암매장이라도 하지 않았는가, 내달려 와 기우제를 지내지 않았는가 말이여."

"그려. 여기다 묘를 쓰면 마을에 재난이 내린다고 하여 금기시 하였네. 그래서 고심 끝에 이곳에다 아예 서당을 짓기로 한 것이고……."

"나도 그 말을 똑 부러지게 가슴에 담고 있네."

"그럼, 누가 가묘를 썼을까요? 분명 이곳에다 이장(移葬)을 하려는 계산속이었는가 본디."

"그 장본인을 밝혀야제. 가만, 도용이 저 적송을 벤 것과 관련이 있지는 않을게?"

"너무 앞서 나간 발상이지 싶은데요."

이장의 말에 모두들 공감하면서도 한동안 아리송한 의문점을 곱씹었다.

도용의 장례식은 조촐하였다. 배다른 형제들은 아예 모습을 보이지 않았고, 배다른 누님 한 사람 건듯 바람이 불듯 조문을 하였다. 이웃마을 사람들도 서너 사람 조문을 왔을 뿐이었다. 살아생전 도용의 삶의 굴레를 다시 한 번 곱씹게 하였다. 그렇다고 외면할 수 없었다. 장례는 마을장으로 치러졌다.

"이보게. 너무 슬픈 죽음이었네만, 무슨 마음으로 서당골 적송을 베려고 했단가?"

뗏장을 다 입히고 술 한 순배가 돌아갈 즈음, 장대수는 이장에게 눈을 한번 끔벅이고 나서 도용의 마누라에게 슬며시 물었다.

“……근께요. 인자는 이빨 빠진 호랑이 신세가 된 구십 넘은 그 잘난 시아부지께서 애 아부지를 가만히 불러올려 귓속말로 시켰어라우. 평소에는 뉘집 상머슴처럼 대해왔으면서 은근하기가 짝이 없었어라우. 그놈의 종자들 애 아부지가 막상 죽고 난께 코빼기나 보입디요?”

도용의 마누라는 코를 핑 풀어 던지며 가슴에 지닌 서운한 감정을 담아냈다.

“우리가 봐도 많이 섭섭하였네. 아무리 배다른 형제라도 피를 품 받은 형제지간 아닌가. 헌디, 시아부지가 왜 그 소나무를 베라고 한 건가?”

“시아부지 관으로 쓰려고 욕심을 냈는지도 모르제.”

“아니어라우. 더 깊은 내막이 있었어라우.”

“그 내막이란 게 무언가?”

“거기다가…….”

도용의 마누라는 잠시 뜸을 들였다. 막상 말하려니 혼란스러운가 보았다. 모두들 조용히 다그치듯 다음 말을 기다렸다. 솔바람소리가 솔개의 날갯짓으로 이마를 어루었다.

“……서당터가 명당자리라고 거기를 욕심낸 성 부른디, 적송이 마음에 걸렸던가 봅디다.”

“마음에 걸리다니?”

“이 사람아, 그걸 재빨리 못 알아듣나. 그 집안 자체가 친일 행적에다, 자유당 때 거들먹거리며 부정부패를 일삼았지 않았는가. 지금도 그 자식들은 또 어떤가? 망둥이 뛰듯이 권력층에 빌붙어 암적 존재로 세상을 노리끼리하게 물들이지 않는가. 면목이 없어논께 고향에 발이나 들여놓던가. 아예 호적까지 파 갔다고 하들 않던가 말이여."

"그러게 말입니다. 서당터에 묘지를 조성할라치면 아무래도 적송이 눈엣가시처럼 보일 것 같아 미리 베어내려고 했군요."

"이장 자네 말이 맞네. 중풍 든 사람처럼 자랐을지라도 그 집안의 친일행각과 부정부패를 나이테 속에 각인하고 있는디 누울 자리가 편하겠어?"

"그래, 가묘를 쓴 겐가?"

"그런 셈이제라우. 즈그끼리는 머리 맞대고 의논을 했는갑습디다. 거기다 묘를 쓰면 마을에 재난이 생긴다고 남편이 꼬리 내린 개처럼 말했는데도 콧방귀를 뀌었는갑습디다. 즈그 본처자식들만 잘되자고 욕심을 부린 것이 결국 남편만 저승길로 보냈구만이라우."

도용의 마누라는 억장이 무너진다는 듯 한숨을 깨물었다. 사람들은 잠시 어안이 없는 얼굴로 술잔을 들었다. 아주 고약한 작자들이었다. 제기럴, 씨펄. 누군가의 입에서 욕지기가 나왔다.

"발상치고는 해괴한 계획이었구랴. 그녀러 사람들이 감히 그곳을 탐내다니. 반성이라고는 눈꼽만큼도 없는 작자들이여."

"당장 가묘를 파헤치세나."

"그래야겠제. 도용이까지 죽어났는디 더는 욕심을 낼라든가 마는 이 기회에 가차없이 응징을 해야 혀."

"우리에게도 조금은 책임이 있습니다. 그동안 우리가 서당골을 너무 소홀히 잊고 있었어요. 이참에 십시일반으로 마음을 모아 서당을 다시금 복원합시다. 그리고 음력 시월상달 항일노동운동을 한 넋들을 기리고요."

"좋은 생각이네. 하다못해 초등학생들 봄가을 소풍 장소로도 제격일 것이고. 그보다 더 못한 곳도 관광지로 도배질하지 않던가."

"샘물도 옛날 그 맛이더구만."

"암만. 샘은 지하세계와 통한다고 하였네. 그 샘물로 일제치하에서 죽은 영령들을 씻김굿이라도 해야제."

사람들은 다시금 반추동물처럼 시간의 더께를 되새김질하며 망각에서 깨어났다.

방각에서 깨어난 아침

1

"어이, 날세."

"나라니?"

도대체가 생소하고 낯설었다.

"허, 이 친구. 정말 못 쓰겠구먼. 나이가 들고 간판깨나 내걸면 사람이 그렇게 변하는 거여?"

"관등성명을 모르는데 어떤 씨알인지 알 게 무언가."

"정말 날 모르겠다는 겐가? 자네, 한산이 아닌가?"

"전화는 제대로 걸었는데……."

"나, 용천이여."

"지랄, 뜸 들이기는……."

한산은 목소리의 주인공을 알아본 순간 자신도 모르게 피식 웃음을 머금었다. 꼬치자지 적부터 용천을 두고 걸핏하면 용천지랄이라고 알밤을 놓듯 놀려먹었다.

"댓기, 하늘로 용이 승천하는 위대한 이름을 육두문자를 붙여 싸가지 없게 불러?"

"보나 마나 아직도 이무기 신세 아니겠어? 용이 승천하였다는 말을 아직 듣지 못하였으니까."

"이무기도 이무기 나름인 거여."

용천은 예전의 모습 그대로 유들스럽게 받아넘겼다.

"정말 오랜만이네."

"우리 못 만난 지가 근 이십 년이 다 되어가지 않는가. 자네 소식은 얼핏설핏 귀동냥으로 듣고 있네만, 그래 이 친구야, 어쩌면 그렇게 무심헌가."

"자네, 소식이 쑥대밭인데 어디다 소식을 전할 것인가."

"허긴, 그렇구먼. 자네는 여전히 옛날옛적 전화번호를 지니고 있구랴. 긴가민가하고 번호판을 두드렸지."

"나야, 워낙 변화를 싫어해서 그렇지."

"시속말로 가장 개혁을 부르짖던 자네가 전화번호만은 알량하게 보수적으로 지니고 있네, 그랴."

"그동안 어떻게 지냈나?"

"말도 말게나. 몇 번이고 승천 단계에서 곤두박질 굴러 떨어졌네. 하늘의 조화인지, 운명의 장난인지, 눈물겨운 고비를 몇 번이나 맛본 끝에 개인택시로 안주하고 있네."

"오늘 같은 세상에 그만하면 다행이네. 조기명퇴 바람으로 푸른 나뭇잎들이 얼마나 많이 떨어지는가. 우리 나이에 기껏 해야 경비원 아니면 헐거운 배낭에다 한숨을 매달고서 산길을 오르내리지 않는가."

"그려. 인생무상이라고, 자네는 어떤가?"

"나라고 별수 있겠는가. 지는 해 아닌가. 헌데, 무슨 일로 전화를 주셨는가? 딸자식 시집이라도 보내는가?"

한산은 새삼 세월의 덧없음을 곱씹었다. 아무것도 이룬 게 없는데 머릿결만 갈대처럼 바래졌다.

"자식들 혼사야 우리들 나이에 쬐끔 이르지. 그보다 우리 형 있지 않는가."

"형이라고……?"

한산은 느닷없는 용천의 말에 뜨악해하였다.

"돌아가신 우리 형 말일세."

"얼른 생각이 나지 않는데……."

"이 친구, 벌써 치매가 들었나? 자네로 말할 것 같으면 매형되지 않는가. 설마 까마귀 괴기를 먹지 않았다면 돌아가신 자네 누님과 망자혼례를 올렸다는 사실을 모르지는 않겠지? 호적에도 어엿하게 부부로 올라 있으니께. 죽은 혼령들이 진노할 일이네."

"아, 맞네. 살풋이 기억이 나네."

한산은 스물두 살 꽃다운 나이에 돌아가신 둘째 누나를 아슴한 기억 속에서 미라로 떠들렸다.

"인자, 알것는가? 그러니께 나로서는 자네 누님이 형수일세. 자네 어무니와 우리 아부지께서 죽은 혼령이나마 부부의 인연을 맺어주자고 산 사람의 예를 갖추어 혼례를 치렀네. 자네는 객지에 나가 있었지. 그때 내가 사주단자를 안고 자네 집을 갔었네. 그렇게 해서 자네 누님께서 호적상으로다 우리 집 귀신이 되었네. 자네 어무니가 살아 계실 때는 꼭꼭 제사에 참석하였네."

"아득한 옛적 일만 같아서 그만 잊고 있었네."

"자네야, 일찍 고향을 떠나 있었기에 그럴 만도 하것제. 그만 일로 원망을 풀어놓자고 전화를 한 것은 아닐세."

"혹시 오늘 두 분 기제사라도 되는가?"

"벌써 지났네. 나도 시절이 변화무쌍하여 간신히 찬물 한 그릇 떠놓다시피 하네."

"그럼, 특별히 내게 할 말이라도……."

"맞네. 이제사 본론을 꺼내게 되었네."

용천은 한산의 뒷말을 잡아챘다.

"말해 보게나."

"다름이 아니고, 자네도 알랑가 모르겠네만, 우리 형이 제대복을 입고 나서 동원훈련을 받다 일사병으로 돌아가셨네."

"그랬던가?"

"잘만 하면 우리 형과 자네 누님을 국립묘지에 편안히 잠들게 할 수 있을 것 같네."

"그건 또 무슨 소리야?"

한산은 용천의 뜬구름 잡는 황당한 말에 실소를 머금었다.

"군경원호 대상자로 올릴 수 있다는 말이네."

"자네, 두 분 묘지나 제대로 알고 하는 소리인가?"

한산은 용천의 그 말에 미간을 찌푸렸다. 정말이지, 용천지랄이었다.

"내가 자네 같은지 아는가? 우리 어무니께서 돌아가신 그날까지 밤이나 낮이나 공동묘지를 오르내리며 지키고 보살폈네. 돌아가시면서 내게 단단히 일러주시어 매년 벌초를 잊지 않고 있네."

"헌데, 새삼스레 어디서 그런 발상이 생겨난 건가?"

"내가 여러모로 알아본 바로는 충분히 법적 근거만 있으면 가능하다는 거네. 그보다 더 해묵은 사건도 바로잡는 세상이지 않는가. 그래서 말인데, 자네가 좀 나서서 도움을 주었으면 고맙겠네. 자네, 누님을 위해서도. 호적란의 사망사유에는 단순히 병사(病死)라고 기록되어 있는데, 그걸 뒤집을 증인이나 증거서류가 필요하다는 거네."

"글쎄…… 삼십 년 세월이 그렇게 간단하고 쉽지만은 않을 거네."

한산은 다시 한번 난감해하였다. 어떤 동기에서 비롯된 집착인지는 몰라도 죽은 자를 일으켜 세워 증언대에 세울 수는 없는 노릇이었다.

"그래서 자네 도움이 필요하다는 것 아닌가. 자네는 나보다 사회적으로 힘깨나 쓸 만한 사람들을 두루 알고 있을 것인즉 예비사단의 군병원에서 휴지조각으로 버려졌을 그때의 기록을 찾을 수도 있을 것이고, 아니면 그때 우리 형을 담당하였던 군의관이라도 만나볼 수 있지 않겠는가."

"그게 가능할까 모르겠네."

한산은 용천이 입김을 튀길수록 어디까지나 회의적이었다. 기록이라는 것은 그 시절의 잣대인 만큼 한번 서류철에 오르게 되면 세월과 함께 빛이 바랠 수밖에 없었다.

"그보다 더한 일제시대, 육이오전쟁 때 일어났던 잘잘못을 바로잡자고 나서지 않는가. 다시 말하지만 확실한 증거만 있으면 얼마든지 가능하다는 거네. 그때 우리 형과 함께 훈련을 받았던 친구들이라도 있으면 한결 진전이 있겠는데, 나로서는 그분들을 아직까지 찾을 수가 없네. 워낙 세월이 오래된 데다 함께 훈련을 받았던 고향 친구들은 이미 고인이 되었고……."

"자네, 심정은 알 만하네."

"우리 아부지가 원망스럽네. 한마디로 미래를 내다보지 못한 결과였네. 이럴 줄 알았으면 군병원에서 숨을 거두게 할 것이제, 뭣할라고 민간병원에서 생을 마감하게 할 것인가."

"그만한 사정이 있었겠지."

"내가 미루어 짐작하기에는 틀림없이 담당 지휘관의 회유와 몇 푼의 금전 설득으로 그리된 듯 싶으이. 자네도 군대를 다녀왔으니까 그만 정도는 알 거네. 아무튼, 우리 형의 죽음을 분명하게 가릴 수 있게끔 힘을 써주게."

용천은 연락처와 형의 사망연도와 그 밖의 참고될 만한 자료들을 들려주었다. 그 모든 인지사항을 막힘없이 주워섬기는 것으로 보아 그동안 나름대로 애써 형의 사망 원인을 추적한 듯하였다. 한산은 통화가 끝나고 나서도 한동안 황당하다고나 할까, 떨떠름한 표정을 지울 수가 없었다. 용천의 의도가 어디에 있는지 아슴하게 짐작이 갔기 때문이었다.

2

사진관을 들어섰다. 한가한 공기가 떠돌았다. 사진을 분류하던 사장이 한산을 맞이하였다.

"이걸 확대해 줄 수 있겠소?"

한산은 낡은 흑백사진을 내보였다. 사십 년 전의 사진. 용천의 전화를 받고 나서 그간 까마득하게 잊고 있었던 누나의 모습을 떠올렸다. 강물처럼 흘러버린 세월 탓인지 뚜렷한 윤곽으로 다가오지 않았다. 문갑 깊숙이 넣어두었던 앨범을 꺼냈다. 누나의 사진은 없었다. 어머니께서 돌아가신 그날까지 품에 지니고 계셨던 사진이 어딘가에 있을 법한데 찾을 수가 없었다. 그 당시 사진관이 드물 때였는지라 어린 시절 추억이 담긴 사진은 없었다. 가까스로 누나와 장독대에서 찍은 흑백사진을 발견하였다. 보아하니 한산의 중학교 입학 기념이지 싶었다. 추억 어린 감회가 뭉클 차올라 좀 더 크게 확대하여 간직하고자 사진관을 찾은 것이다.

"확대는 가능한데 워낙 오래된 사진이라서 선명하게 나올지 모르겠습니다."

"그건 아무래도 좋아요."

"어렸을 때 모습이군요. 누님이신가요?"

"돌아가셨소."

"알겠습니다. 한 며칠 걸릴 것 같습니다."

사장은 한산의 마음을 헤아렸다. 사진관을 나온 한산은 소주 한 병과 오징어포를 사 들고 송정 바닷가로 나갔다. 갑자기 바다가 보고 싶었던 것이다. 뭐랄까, 목마름 같은 그 무엇이 가슴에 차올랐다.

송정 바닷바람은 제법 귓불이 시려왔다. 겨울바다는 한숨을 죽인 한 서린 여인네의 숨결처럼 다가왔다. 소주잔을 들이켰다. 새파랗게 뒤채는 파도가 비릿하게 소주잔 속에 떠돌았다. 알코올과 소금기. 전혀 이질적인 본질인데도 하나로 어우러져 혀끝을 감미롭게 하였다. 오징어포를 찢어 삼켰다. 저 깊은 바다에서 삶을 누리던 녀석이 얄궂은 운명으로 어부의 낚시에 걸려 양피 껍질처럼 말려져 술안주가 되었다.

한산은 세 잔째 술잔을 들이켰다. 차가운 바닷바람이 술기운으로 달아오른 얼굴을 어머니의 회초리처럼 때렸다. 순간, 눈 속에 피어난 붉은 동백꽃이 발밑에 떨어지는 고향 바다가 눈앞에 다가왔다. 그와 함께 청순한 한 떨기 꽃 같았던 누나의 얼굴이 파도 위에 떠올랐다. 단발머리인가 싶었는데, 어느 사이에 치렁한 댕기머리였다. 누나의 머릿결은 유난히도 검었다.

동백꽃을 좋아하였던 누나. 동백꽃은 말이다, 벚꽃이나 목련과는 달리 꽃송이째 떨어진다. 바람에 산산이 흩어지는 목련이나 벚꽃은 보기에 산만하고 품위가 없어 보이는데, 동백꽃은 절개 굳은 선비의 기상과도 같이 의연하고 지조 있게 떨구거든. 누나는 동백꽃을 그렇게 예찬하였는데, 그날은 누나의 모습이 다른 날 같지가 않았다. 치렁한 댕기머리가 조금은 촌스러운데도 검정치마, 흰 저고리 너머로 너무나 잘 어울렸다.

"어디를 가려고 그렇게 단장하였는가?"

"오늘이 첫 장(場) 개시거든. 다들 신바람이 나서 가는데, 너는 장 구경 안 갈래?"

"그럴까? 맛있는 것 사줄 거지?"

겨울방학이 끝날 무렵이었는지라 정리할 것도 있고 해서 썩 내키지 않았으나 누나의 댕기머리 나들이가 궁금하였다. 오일장이 십리 밖 섬 입구에 생겨나기 전에는 돛폭에 의지한 장배를 타고 바다 건너 육지 장을 봐 오는 터여서 장 한번 봐 오기가 이만저만 불편하지가 않았다. 한 달에 한 번 아니면, 특별히 명절 때와 제삿날 장을 봐 오는 정도였다. 그러한 불편을 덜기 위해 오일장을 조성하게 되었고, 누구나 들뜬 마음으로 첫 장 개시를 기다렸다. 누나도 예외는 아니어서 장 구경을 나서기로 한 것이다. 누나와 동행한 또래의 마을 처녀들도 마음 들떠 있기는 마찬가지였다. 한산은 누나의 뒤를 따라 길을 나섰다. 신작로를 메운 장꾼들은 저마다 태깔 고운 차림새로 끼리끼리 이야기를 나누며 발걸음을 재촉하였다. 조무래기 아이들도 잔뜩 호기심 어린 얼굴로 장터거리로 몰려가고 있었다. 날씨는 한차례 눈이 내린 뒤끝인데도 봄기운이 소리 소문 없이 옷깃에 스며들었다. 머지않아 강남의 제비가 찾아들 것이고, 개나리, 진달래가 흐드러지게 피어날 것이다.

장터는 바닷가, 이제 막 원막이를 한 수문 옆 개간지였다. 아직도 소금기 진득한 갯벌을 북돋우어 조성한 장터는 인근 섬에서도 너나없이 모여들었다. 따지고 보면 만나는 사람마다 안사돈 바깥사돈, 겹사돈인지라, 길거리에서 오다 가다 만나도 안팎사돈치레인데, 부딪치는 사람마다 그 인사성이 요란스러웠다. 풍물을 울리는 가운데 각 전마다 흥정이 벌어져 온 장바닥이 질척하였다. 누나 또래들도 들뜬 마음으로 신발전, 옷전, 화장품전, 가방전, 장신구전을 기웃거리며 값을 흥정하였다.

누나도 평소와는 달리 친구들과 어울려 호들갑을 떨며 충

동구매에 빠져들었다. 정말이지, 보기에 사고 싶은 물건들이 지천이었다. 그 가운데 난전으로 펼쳐놓은 책들을 발견한 한산은 거기에 정신이 팔려 누나들 일행을 잠시 잊었다. 만화책에서부터 외설적인 싸구려 소설류들이 대부분이었는데, 한산은 쭈그려 앉은 채 도움될 만한 참고서라도 있을까 싶어 책더미를 뒤적거렸다. 손님이라고는 한산뿐이었고, 사십 넘어 보이는 책전 주인은 음울한 눈길로 한산의 그러한 행동을 느긋지게 지켜보았다. 조금은 방만한 듯한 모습은 다른 난전꾼들과는 사뭇 달랐다.

"살 만한 책이라도 있어?"

장 구경을 다 한 누나가 한산을 일으켜 세웠다.

"글쎄. 이게 참고서가 될 것 같은데……."

한산은 표지가 너덜거리는 '인류의 역사'를 가리켰다.

"내가 기념으로 사줄게."

누나는 책값을 물었다. 책전 주인은 정가에서 대폭 할인해 주었다.

"싸네. 더 살 만한 책은 없어?"

"더 이상의 기대는 무리야."

한산은 책을 소중히 안고 돌아섰다. 그때였다. 한 패의 청년들이 풍물소리를 잠재우며 장꾼들의 시선을 멈추게 하였다. 군 입대 환송식이었다.

"저 사람은 우리 귀다리 논을 버는 용천이 형 아니여?"

"맞어. 공부를 썩 잘한다고 하더라."

"용천이가 즈그 형 자랑밖에 할 줄 몰라. 주위에서도 가난한 집에서 용 났다고 하고……."

"제법 큰 인물이 될 것이다."

누나는 환송식을 바라보며 한산의 손을 꼬옥 잡았다. 그 손에 땀이 배어 있었다. 용천의 형은 누나보다 일 년 선배로, 여름방학 때면 아버지 일을 도와 귀다리 논뿐만 아니라 우리 방죽논까지 구슬땀을 흘리며 김을 매거나 농약을 쳤다. 어머니는 그때마다 누나를 시켜 새참을 내가도록 하였다.

"환송식 답례도 똑 떨어지게 잘한다이."

누나와 단짝인 한숙이가 감탄을 하였다. 그로 미루어 보건대 용천의 형을 아는 인근의 처녀들은 관심이 대단하였다.

"저렇게 똑똑한 사람이 군대에 가서 고생깨나 안 할라는둥."

"니가 대신할 수는 없잖냐."

한산의 곁에서 진지한 얼굴로 답례사를 들어넘기던 순자가 말을 받았다.

"그러긴 헌디, 어쩐지 마음이……."

"이제 보니 혼자 짝사랑한 것 아니여?"

"워따메, 누가 짝사랑을 다 한다냐. 말인즉슨 그렇다는 것이제."

한숙은 얼굴을 살짝 붉히며 누나의 어깨를 꼬집었다. 그 사이 환송식은 끝나고 용천의 형을 무등 태운 친구들은 읍내로 향하는 연안 연락선에 올랐다.

그런데 누나와 용천의 형이 죽어 부부의 인연으로 나란히 공동묘지에 누워 있다니. 그것은 전생의 인연인가, 아니면 현세에 이루어질 수 없는 사후의 인연인가? 한산은 마지막 술잔을 들이키고 자리에서 일어났다. 그 순간, 환상의 날갯짓처럼 파도 위에 동백꽃 한 송이가 툭 떨어졌다. 순결한 모습으로 미련 없이 영혼을 떨구는 저 처연함. 누나는 저렇게 꽃답게 숨을 거두었다.

3

여름방학이 되어 친구들과 지리산 자락 칠선계곡에서 몇 날을 노닥거리다가 집으로 내려갔을 때, 집 안의 분위기는 무겁게 가라앉아 있었다. 대문을 들어서는 순간 지금까지 가졌던 가벼운 마음이 차갑게 식어 내렸다. 무슨 일일까? 대청마루에 이르는 동안 아무도 마주쳐 나오지 않았다. 다들 들에라도 나갔나? 대청마루에 배낭을 내려놓고 집 안의 동정을 살폈다. 불볕 무더위가 내리꽂히는 가운데 집 안은 쥐 죽은 듯 고즈넉하였다. 방문은 굳게 닫혀 있었고, 대청마루도 뿌옇게 먼지가 쌓여 있었다. 깔끔을 떠는 누나의 성격을 생각하면 있을 수 없는 일이었다. 방문을 열었다. 시큼한 곰피 냄새가 훅 끼쳤다. 여러 날 집을 비운 듯하였다. 서둘러 방문을 차례로 열어제쳤다. 다들 어디로 갔을까? 영문을 알 수 없어 한동안 대청마루에 서서 앞산을 바라보았다. 앞산도 더위를 먹은 듯 하늘 낮게 주질러 앉아 있었다. 옆집에서 사람 소리가 났다. 한산은 옆집 사립문을 들어섰다.

"워따, 방학된 지가 언제인디 인자사 왔당가. 목이 빠져라 기다리다 지쳤구만."

옆집 토실네가 먼저 알아보고 원망 어린 얼굴로 말하였다.

"우리 집에 무슨 일이 일어났습니까?"

"보통 일이 아니제. 달덩이 같은 자네 누님이 병원에 실려 갔네. 예로부터 동구 밖으로 실려 나가면 다시는 걸어 돌아 올 수 없다고 하였는디, 자네 어무니 애간장이나 안 터졌는가 모르겠네."

"뭔, 소리를 그렇게 한다냐. 요즘이사 의술이 발달혀서 살아 돌아온 사람이 많더구만."

토실네 시어머니가 곰방대를 빨며 눈을 흘겼다.

"어디가 아파서요?"

"모내기를 끝내고 쬐끔 한가하다 싶었는디 몸져누운 거네. 처음에는 몸살인갑다, 하고 가볍게 생각하였는디, 날이 갈수록 몸이 부어오르면서 사태가 심각하게 진전하였네."

"어느 병원이라 합디까?"

"외삼춘이 잘 아는 병원으로 실려갔는디, 아직까지 소식이 없네. 자네 동생이 내려오면 알것네만……."

한산은 눈앞이 노랬다. 방학 직전까지만 해도 누나와 편지를 주고받았다. 무슨 병마로 갑자기 쓰러졌을까? 한산은 도리없이 어머니를 따라나섰던 동생을 기다릴 수밖에 없었다. 곰피 냄새 나는 방 안을 청소하고 대청마루며, 마당을 쓸고 닦으며 무사히 퇴원해 돌아올 누나를 맞을 준비를 하였다. 그러나 마음은 자꾸만 불길한 쪽으로 내달렸다. 기다리는 동생도 오지 않았다. 점점 좌불안석이었다. 혹시 잘못된 것은 아닐까? 입안이 타들어가면서 식욕마저 떨어졌다.

"아그야, 그러다 너까지 자리에 눕겠다. 시원한 반지락 국물이라도 한 술 마시거라."

토실네 시어머니가 보기에 딱하다는 듯 뽀얗게 우러난 국물을 가져왔다.

"마냥 기다리자니 미치겠어요."

한산은 가져온 정성을 물리칠 수 없어 바지락 국물을 훌훌 마셨다. 앞산 산봉우리 위에 비구름이 감돌았다. 더위를 식혀줄 한줄기 시원한 비라도 내렸으면 좋을 듯 싶었다.

"달덩이처럼 환하고 건강한 애가 갑자기 병마에 쓰러지다니, 나도 마음이 짠하다."

토실네 시어머니는 한숨을 깨물며 대문을 나섰다. 앞산 봉우리 위에서 떠돌던 비구름은 해질녘이 되자 마을 전체를 뒤덮었다. 음산한 비바람이 문지방을 들이치고, 시절을 만난 듯 앞 벌 논두렁에서 개구리 떼가 비 먹은 소리를 토해냈다. 한산은 괜스레 대청마루를 어정거리며 행여나 동생이 나타날까, 하는 마음으로 동구 밖을 바라보았다. 처마 끝에 빗방울이 듣기는가 싶었는데, 빗줄기가 어둑신한 동구 밖에서부터 비질해 오기 시작하였다. 반미치광이 폰수가 연자방아 그루터기 위에서 실죽 웃음을 지으며 고짓말을 치켜올리고 있었다. 누가 보아도 나무랄 데 없는 폰수는 일찍 자손을 보기 위해 장가를 보냈는데, 비 오는 첫날밤 어인 일인지 신부가 도망을 쳤다. 폰수는 새벽녘까지 빗속에서 새색시를 찾아 헤매다 도체바퀴 언덕바지에서 굴러 떨어져 의식을 잃었다. 그 뒤로 정신이 약간 이상해져 비만 오면 시죽시죽 실성기를 내비쳤다.

비가 온다, 비가 온다. 한산도 비 맞은 장닭 꼴로 흠씬 비에 젖고 싶었다. 기다림에서 오는 초조함과 불안함은 빗줄기를 몰아오는 바람이 처마 끝을 들이칠 때마다 가슴을 휘저어 견딜 수가 없었다. 어둠이 폰수의 모습을 삼킬 즈음 누군가 구르듯 빗속을 내달려왔다. 동생이었다.

"누나는 어찌된 거야?"

한산은 낙숫물이 튀기는 댓돌로 내려서며 다급하게 물었다.

"주, 죽었다!"

동생은 한산의 가슴에 뛰어들며 눈물을 쏟았다.

"병원이 어디야?"

"곧 시신을 운구해 온다고 했어. 나더러 먼저 가서 친척들에게 알리라고 했다."

한산은 동생을 쓸어안은 채 대청마루에 엉덩이를 내리찧었다. 이럴 수가! 동생의 말이 믿어지지가 않았다. 어느 틈에 동생은 한산의 품에서 벗어나고 없었다. 한산은 넋을 놓아 버렸다. 동생으로부터 소식을 들은 친지들과 이웃들이 슬픔에 잠긴 얼굴로 하나둘 모여들었다.

"아까운 것. 꽃다운 그 나이에 무슨녀러 병이 그 이쁘고 착한 목숨을 앗았을끄나."

마을사람들은 눈물을 찍어냈다. 차일이 쳐지고, 당숙의 주관으로 장례 준비를 하였다. 궂은비 속에서 돼지를 잡고, 음식을 장만하였다. 시신은 자정이 가까워서야 운구되었다. 어머니는 완전히 탈진한 상태였다. 빗물로 튀기는 오열은 새벽으로 이어졌다. 비는 다음 날 그쳤다. 하늘을 뒤덮은 먹장구름은 어느 사이 북녘으로 밀려나고 반짝이는 햇살은 곧바로 후덥지근한 더위를 몰아왔다.

한산은 마지막으로 누나의 모습을 보았다. 관 속에 두 손을 단정히 얹은 채 누워 있는 누나의 모습은 그렇게 처연할 수가 없었다. 천천히 이마를 쓸어보았다. 시리디시린 차가운 감촉에서 말할 수 없는 단절을 느꼈다.

"어여, 그만 물렀거라!"

당숙은 한산을 뒤로 물러앉게 한 다음 상두꾼들에게 관을 운구하도록 독려하였다. 상두꾼들은 마을을 돌아 바다가 내려다보이는 공동묘지로 향하였다.

장례를 치르고 난 어머니는 매일 누나의 무덤을 찾았다. 하루이틀은 슬픔을 함께하였으나, 방학이 끝날 즈음에는 식음을 거르며 누나의 무덤을 쥐어뜯는 어머니의 그 모습이 보기 싫어 방학이 끝나기가 무섭게 집을 나섰다.

집을 나서기 전날, 누나의 사물함을 정리하였다. 옷가지는 몇 벌 되지 않았다. 그만큼 검소하게 살았다. 화장품도 요란하지 않았다. 옷가지와 일용품은 채전밭 한 귀퉁이에서 불태웠고, 앨범이라든가, 일기장, 편지 따위는 배낭 속에 쓸어 담았다.

"사진은 내놓거라."

한산은 어머니의 말을 따랐다. 중학교 입학 기념으로 찍은 흑백사진 한 장만 가슴에 지녔다. 자취방으로 돌아온 한산은 누나의 일기를 떠들렀다. 그저 그만그만한 일상사를 날과 달을 건너뛰며 간략하게 적어놓았다. 그 가운데 오일장을 처음 개장한 날, 가슴 설레었던 심정과 용천 형의 입대 환송식을 연민 어리게 적은 대목이 눈길을 끌었다. 가난 속에서 형설의 공을 쌓아올린 그가 무사히 군 복무를 마치고 자신의 입지를 뚜렷이 세우기를 기원한다는 바람이 깃들어 있었다. 누나만이 가질 수 있는 가장 절제된 감정이 그 속에 흐르고 있었다.

누나는 그런 감정의 소유자였다. 언제 어디서나 자신의 감정을 드러내기를 꺼렸다. 자신의 열정이라든가, 속내를 가슴에 움켜쥐고서 스스로 산화하거나 추슬렀다. 주위에서는 그런 누나를 조용하고 행동 바르며 침착하다고 하였다. 마지막으로 쓴 일기는 자신의 운명을 어느 정도 예감한 듯하였다. 모내기를 하는 동안 심장이 터질 것 같은 통증으로 고통스러웠다는 것과, 거울을 보노라면 허여멀겋게 부어오른 모습에서 생의 낭떠러지 위에 선 듯한 아득한 느낌을 떨쳐버릴 수 없다는 것이었다. 심장병. 병마의 근원이 어디에서 발생하였는지 그 원인을 꼭 집어 알 수 없지만 이왕지사 가슴에 지니고 갈 수밖에 없지 않겠는가, 스스로에게 반문한 일기의 말미에서 풀 수 없는 의문부호를 찍을 수밖에 없었다.

문제는 어머니였다. 매일 신새벽이면 누나의 무덤으로 달려가 한낮이 되도록 뗏장을 쥐어뜯으며 눈물로 무덤을 적셨다. 한밤을 뜬눈으로 지새우다 실성한 사람처럼 날이 밝기가 무섭게 공동묘지로 치닫는 것이다. 동생은 매번 편지로 어머니의 비통한 행동을 절망적으로 알려왔다. 그때마다 한산은 마음이 우울하게 흐트러졌다. 토요일마다 숨 가쁘게 집으로 내려가 어머니를 달래는데도 막무가내였다. 어쩔 때는 슬픔에 자지러진 나머지 누나의 무덤가에서 혼절하다시피 잠이 들어 동생이 등불을 켜 들고 깊은 밤 공동묘지로 어머니를 찾아 나서고는 하였다.

"형, 이러다가는 어무니마저 어떻게 되지 싶네."

동생은 울먹이며 어머니를 원망 어린 눈으로 바라보았다.

"지칠 때까지 지켜볼 수도 없고, 그렇다고 강제로 감금시킬 수도 없잖냐."

한산도 난감하기는 마찬가지였다. 곁에서 지켜보고 있는 동생의 고충이야 말하여 무엇하랴마는 학교고 뭐고 다 때려치우고 어머니를 돌보고 싶었다. 이웃이나 친척들도 저러다 정신이 어긋지면 어쩔까 염려하였다.

그러던 어느 날, 어머니는 공동묘지를 찾지 않았다. 단칼에 무 베듯 발길을 뚝 끊은 것이다. 이것은 무슨 변화인가? 기적과도 같기만 하여 염려스러운 눈으로 어머니의 동정을 살폈다. 어머니는 몇 날을 방 안에서 앓아눕더니 언제 그랬느냐는 듯이 오며 가며 먼발치에서 한숨 섞인 눈으로 누나의 무덤을 쓸어보았다. 그리고 다시금 예전으로 돌아와 정상적으로 살림을 꾸려나갔다.

"니, 에미가 갑자기 정상으로 돌아온 까닭이 무엇일끄나?"

토실네는 신기하다는 얼굴로 반문하듯 물었다.

"저도 잘 모르겠어요."

한산은 정상으로 돌아온 어머니가 그저 눈물겨웠다. 그러나 그 의문은 좀 더 시일이 흐른 뒤에 밝혀졌다. 추석날 성묘를 다녀오고 나서 가족끼리 한담을 나누는 자리에서 한산은 무슨 말끝에 지나치는 말로 궁금증을 물었다.

"그게 말이다. 지금 생각해도 느그 누나가 정을 떼려고 그랬는가 싶으다. 그날도 신새벽 무덤가에 엎드려 목이 메어 잔디를 쥐어뜯다가 기진하여 설핏 잠이 들었는디, 갑자기 어디서 일진광풍이 불어치면서 나를 벌떡 일으켜 세우지 않것냐. 소름이 쭉 끼치면서 아이구메, 냅다 무덤재까지 내달았지 뭐냐. 무덤재에서 가쁜 숨을 몰아쉬며 뒤돌아보니 일진광풍은 온데간데없이 사라지고 햇살만 이마를 부시지 않것냐."

"그랬군요."

한산은 그 말을 듣는 순간 웃음이 비어져 나오려는 것을 가까스로 참았다. 무슨 괴담을 듣는 듯해서였다. 하지만 어머니는 예전에 볼 수 없었던 진지한 표정을 지었다.

한산은 누나에 대한 그리움이라든가, 갖가지 추억이 세월과 더불어 차츰 바래졌다. 어머니도 누나의 제삿날이 돌아오면 눈물을 찍어누르며 마음을 곰삭였다. 그 마음속에는 좀 더 일찍 서둘러 시집을 보냈더라면 죽음도 면할 수 있었을 것이고, 어쩌면 아들딸 낳고 잘 살았을지도 모른다는 원망공간이 자리 잡고 있었다. 누나 또래들이 친정에 오면 어머니의 그 같은 원망공간은 한숨으로 지펴 났다.

4

입춘이 지나고 양란이 노랗게 꽃망울을 터뜨렸다. 노랑나비가 날아와 앉은 듯하여 봄의 향기가 새뜻하게 다가왔다. 그 모습에서 불현듯 누나의 모습이 생각나 자리에서 일어났다. 집을 나선 길로 사진관을 찾았다. 사장은 기다리고 있었다는 듯 한산을 맞았다.

"사진 다 됐소?"

"오래된 사진이라 확대해놓고 보니 줄무늬가 졌습니다만, 기념은 되겠습디다."

사장은 빛바랜 서류철을 꺼내듯 한쪽 구석에서 확대 사진이 든 봉투를 꺼내주었다.

"이만하면 잘 나왔소."

한산은 흡족해하였다. 이것저것 감안할 때, 선명도가 결코 떨어지지 않았다. 사진관을 나온 한산은 동생을 만나볼까 하고 버스를 탔다. 얼마 전 새로 점포를 장만하였는데 가보지 못하였다. 동생이 경영하는 상회는 제법 규모가 컸다. 오늘 같은 불경기에 상당히 고무적인 현상이었다.

"이 시간에 올 줄은 몰랐어요."

동생은 한산이 사 들고 온 난분을 받아 들며 환하게 웃음을 지었다.

"문외한인 내가 봐도 기분 좋은 발전만 같구나."

"좀 무리를 했지만 전망이 좋을 겁니다. 어디 가서 술이라도 한잔할까요?"

"손님들이 찾아오는데 자리를 비울 수 있나."

"제가 있으니까 형님 대접하세요."

제수씨가 시간을 허락하였다. 두 사람은 동생의 단골집에 들어섰다. 술을 주문하고 나서 한산은 품속에 지니고 있던 사진을 내보였다.

"확대한 거네. 용케 지니고 있었군요."

동생은 사진 속에서 누나를 발견하자 두 눈에 슬픔을 베어 물었다. 동생 또한 누나를 까마득히 잊고 지냈을 터였다.

"앨범 속에 넣어두었었는데, 얼마 전 용천의 전화를 받고 확대하였다. 그 친구가 누나를 일으켜 세우더구나."

"용천이가?"

동생은 잠시 생각에 잠겼다. 동생도 용천의 형과 누나가 망자혼례를 하였다는 사실을 까마득히 잊고 있는 듯하였다.

"즈그 형과 우리 누나의 망자혼례를 들먹이더구나."

"맞아요. 두 사람을 부부 인연으로 맺어주었어요."

동생은 소롯이 움솟는 기억의 저편을 휘어잡았다.

용천의 형과 누나의 망자혼례를 조심스럽게 꺼낸 것은 용천의 아버지였다. 모판을 짜려고 논갈이를 하게 되었는데, 그때까지 용천의 아버지는 우리 집 농사일을 거들어주었다. 새참을 먹는 자리에서 용천의 아버지는 몇 번을 망설인 끝에 어렵게 말문을 꺼냈다.

"……저, 우리 집 죽은 자식 있지요?"

"참말로 마음 아플 것이요. 제대까지 하고 나서 그렇게 되다니, 나도 그런 고통을 겪어봐서 알것는디 창자가 마디마디 끊어질락 할 것이요."

"나보다도 집사람이 저러니……."

"아직도 자식 무덤가에 엎드려 지내시오?"

어머니는 자신의 모습만 같아 가슴이 한길 낭떠러지 아래로 떨어지는 듯하였다.

"내가 집사람 때문에 못 살겠소. 밤이고 낮이고 공동묘지 아들놈 무덤가에 혼절하듯 엎드려 있으니, 원. 저러다 또 송장 칠까 겁나요."

"나도 처음 한동안 넋을 잃고 그랬소만, 시간이 흐르면 정상으로 돌아올 것이요. 너무 걱정 마시오."

"그럴 기미가 도무지 내비치지 않아 탈이요. 그래서 하는 말인디, 한내댁 딸이 우리 아들 곁에 잠들어 있잖소."

"나더러 딸 무덤을 보듯 함께 마음을 위로해 주라, 그 말인가요?"

"그게 아니라, 내 말은……."

용천의 아버지는 다시금 말문을 흐렸다. 자신이 품고 있는 말을 꺼내기가 난망하기만 하였다.

"염려 마시오. 내가 여러모로 마음을 다잡도록 하것소."

"내 말은 위로 차원이 아니라 두 집안이……."

"두 집안이라니요?"

어머니는 비로소 용천의 아버지가 말하려는 사태의 심각성을 깨물었다.

"아들 무덤을 찾을 때마다 바로 그 곁에 누워 있는 따님의 혼백을 그냥 지나칠 수 없었소. 이왕지사 운명을 달리한 혼백이나마 부부의 인연으로 맺어주면 어떨까 하고요. 내 욕심인지는 몰라도."

"사돈 관계를 맺자고요? 아들이사 인근에서 알아주는 수재이긴 헌디……."

어머니는 심각한 표정을 지었다. 죽은 혼령이나마 망자혼례를 시키자는 생각을 한 번도 하지 못하였다.

"물론 우리 집안이 한내댁과는 어깨를 겨룰 수 없소만, 우리 아들과 따님은 크게 어긋지지 않을 것이요."

"지금에 와서 부귀빈천이 무슨 문제요만, 너무 갑자기 일어난 일이라서……."

"그렇게 바쁠 것도, 서두를 것도 없으니 천천히 생각을 여미어보시오. 우리 집사람도 염려해주시고……."

용천의 아버지는 담배를 눌러 끄고 다시 쟁기머리를 잡았다. 논두렁을 벗어난 어머니는 그 길로 공동묘지를 찾았다. 이제는 딸자식 무덤이 보기 싫어 먼발치에서 건너다볼 뿐이었는데, 실로 오랜만에 찾은 것이다. 아니나 다를까, 딸의 무덤 바로 곁에 있는 봉분 앞에 용천네가 혼절하듯 널브러져 있었다. 햇살에 그을린 몰골이 말이 아니었다. 어머니는 딸의 무덤을 쓸어보고 나서 그 곁으로 다가갔다.

"이 사람아, 죽었는가, 살았는가? 어여, 일어나소."

어머니는 용천네를 일으켜 세웠다. 눈물도 메마른 처참한 몰골이었다.

"한내댁! 자네는 내 속을 알 것이네. 어쩌면 좋것는가. 전생에 얼마나 많은 죄를 지었길래 자식 먼저 앞세우게 되었는가?"

용천네는 새삼 목이 메어 울었다.

"진정하게. 그런다고 죽은 자식이 살아 돌아오겠는가. 자네 아들이나, 내 딸이나 천하에 불효자느니."

어머니는 용천네를 달래어 그녀의 집으로 향하였다.

"그래서 결국 두 집안이 사돈 관계로 비약하였구나."

"새로운 숙제를 떠안고 몇 날을 고심하더니 제게 진지하게 묻더군요. 처음에는 어머니의 말이 가슴에 와닿지 않았어요."

죽은 혼령을 결혼시킨다? 망자혼례는 무당들의 전유물로 알고 있었는데, 어머니는 이미 마음을 굳힌 상태였다. 살아생전 누나를 시집보내듯 정식으로 사주단자를 주고받고, 택일을 정하여 친지들과 이웃들에게 알리고, 무당을 불러다 망자혼례를 주관하도록 하였다. 망자혼례식은 엄숙하다 못해 비감 어리었다.

"용천의 말로는 호적에도 두 사람의 혼인이 등재되었다고 하더구나."

"그랬어요. 제사까지 그쪽에 넘겨주었구요. 어머니는 너무나 홀가분하다는 표정이었어요. 살아생전 짝지어주지 못한 딸

자식을 죽어서라도 시집을 보냈다는 해방감을 느낀 거지요."

"용천의 어머니는 여전히 아들의 묘지를 찾았다고 하던데……."

"병적이었어요. 이제는 며느리가 된 누나 무덤까지 쓸어안고서 밤낮을 지새웠어요. 아마 용천이 도시로 나온 것도 거기에 원인이 있지 싶어요. 생각해보세요. 밤마다 공동묘지에서 아들 며느리 혼백을 끌어안고 있는 모습을."

"상상이 가고도 남는다."

"그런데 용천이 새삼스레 전화를 한 이유는요?"

"그게 좀 엉뚱하더구나."

"누나를 빙자한 부탁이라……?"

동생은 머리를 갸웃하였다.

"용천의 형이 동원훈련을 받다 일사병으로 쓰러져 죽었다면서?"

"아마, 그랬을걸요."

"뒤늦게나마 그 죽음을 바로잡아 즈그 형과 누나를 국군묘지에 안장시켰으면 하더구나. 군경원호가족은 말할 것도 없고……."

"그 친구, 황당하기 이를 데 없네. 무슨 근거로 그런 엉뚱한 발상을 하였을까요?"

"글쎄다. 지난날의 역사적 오류를 바로잡는 시절이 아니냐."

"괜한 헛수고하지 마세요. 그 속내도 빤히 들여다뵈구요. 보나 마나 보상금이라도 타 먹자는 것 아니에요."

"그러게 말이야."

한산은 동생의 말에 머리를 끄덕였다. 어쩐지 망각의 세월을 뒤집어쓴 혼백을 파헤쳐보았자 바람만 들이칠 것 같았다.

5

용천은 그 뒤로 전화가 없었다. 한산에게 별로 기대를 걸지 않아서 그런지도 몰랐다. 한산 또한 동생을 만나고 나서 용천의 부탁을 무릎 아래로 깔아 내렸다. 그런데 한가위를 맞아 모처럼 고향을 찾았을 때, 용천의 부탁이 가슴 위로 떠올랐다. 이곳저곳 흩어져 있는 조상들에게 성묘를 하고 무덤재를 넘어서려다 자신도 모르게 공동묘지로 눈길이 갔다. 누나의 혼백이 잠들어 있다는 생각이 뭉클 차올랐던 것이다. 공동묘지로 발길을 돌렸다.

공동묘지를 찾았더니 잡풀과 잡목으로 들어차 느그 누나 묘소가 어디에 있는지 분간을 못 하겠더라. 다행스럽게도 용천네가 밤낮으로 묘지에 살다시피 하면서 표시를 해두었기에 망정이지 안 그랬으면 잠든 혼백을 영원히 잃을 뻔하였다. 동생으로부터 들었던 어머니의 말을 상기하며 공동묘지에 이르렀다. 아닌 게 아니라 잡목으로 어우러진 공동묘지 입구에서 발걸음을 멈추었다. 발 디딜 틈도 없이 얼크러진 가시덩굴과 잡목 숲을 헤쳐 나갈 엄두가 나지 않았다.

하는 수 없이 공동묘지에서 발길을 돌린 한산은 면사무소를 찾았다. 한가위라 조용하였다. 마침 당직이 있어 용천네 호적등본을 열람하였다. 용천의 말대로 누나의 이름이 며느리로 올라 있었다. 그러나 용천 형의 사망원인은 단순한 병사(病死)였다. 이렇다 할 단서를 발견하지 못한 한산은 면사무소를 나와 마을 어른들과 술잔을 나누었다. 고령화 사회가 되어버린 마을의 수호신들이었다.

"용천의 형이 어떻고롬 죽었냐고? 학교 다닐 때 워낙 굶주리고 고생하여 심약하였어. 용천이 초봄에 와서 씨나락 까묵는 소리를 하던마는. 고이 잠든 형을 욕되게 하는 짓이제."

마을 어른들은 용천이 말이 나오자 손사래를 쳤다.

"용천이 바라는 대로 전혀 가능성이 없다는 말씀이시군요."

"그려. 즈그 아부지가 가장 잘 알 것인디 벌써 저세상 사람이 되었고, 솔직히 말해서 그만 일로 보상을 받는다면 아무나 애국지사고, 군경원호가족이 되게?"

한산은 마을 어른들의 모퉁이 말을 들으며 자리에서 일어났다.

용천에게서 전화가 다시 걸려온 것은 한 해가 지나고 나서였다. 반갑기보다 떠안은 숙제를 아직까지 풀지 못한 난감함이 앞서 떨떠름한 기분이었다.

"해가 바뀌었는데도 안부 전화를 못 드려 미안하네."

"아닐세. 서로가 바쁘지 않는가. 지난번 말한 우리 형 말일세. 드디어 자네 누님과 합장으로 안장하기로 하였네."

"문제가 잘 풀렸는가?"

"그게 아니고, 우연히 우리 형과 함께 동원훈련을 받았던 친구분을 택시로 모시게 되었네. 택시 기사란 그런 것 아닌가. 우연찮게 첫사랑도 태울 수 있고, 얼굴 마주치기 싫은 사람도 모셔야 하지 않는가. 운전을 하며 대화가 오가던 중에 우리 형 이야기가 나왔네. 뜻밖에도 우리 형 고등학교 친구였네. 군대도 함께 가고."

"그럼, 사건의 전말을 자세하게 알았겠네."

"물론이네. 동원훈련을 마치고 부대 정문을 스무 발자국 나섰는데 우리 형이 갑자기 쓰러지더라는 거네. 마침 퇴근하던 영관급 지프차가 그걸 발견하고 병원까지 실어다 주었다는구먼. 그리고 숨 가쁘게 달려온 우리 부모님께 금일봉까지 건네주었다는 거여. 그놈의 스무 발자국이 문제 아닌가. 부대 안에서 쓰러졌더라도 우리 형과 자네 누님이 국군묘지에 옮겨질 가능성이 있었을 것이고, 나도 그 덕분에 팔자 좀 펼 수 있었을 것인데……."

용천의 말 속에는 한 무더기 아쉬움이 배어났다.

"자네의 의문이 풀려 다행이네."

"그래서 말인데, 오는 한식날 우리 형과 자네 누님을 선산에

합장으로다 안장하려고 하네. 내가 그 일을 하지 않으면 영원히 공동묘지에 묻힌 채 잊힐 것 같아서네"

"잘 생각했네. 그렇잖아도 자네 말을 듣고 나서 지난 한가위 때 고향에 내려가 두 분 묘소를 찾았더니만 잡목이 어우러져 발을 내디딜 수 없었네."

"그럴 거여. 걱정 말드라고. 한식날 자네도 참석했으면 고맙겠네."

"당연히 가봐야겠지. 얼마나 고마운 일인가."

한산은 통화를 끝내고 나서 가붓한 마음으로 누나와 함께 찍은 벽면의 사진을 올려다보았다. 봄 햇살 아래 꽃망울을 터뜨리는 개나리꽃처럼 수줍음을 머금고 있었다.

파도 위의 사막

경계가 분명하다. 너무 투명한 경계. 그 빛깔과 색채는 그래서 짙푸른 하늘빛이다. 바람을 실어 오는 음향이, 투명한 경계를 가만가만 아우른다. 자세히 보지 않아도 그 경계는 한량없이 이질적이고 상반된 성질인데도 아주 잘 맞물려 조화롭고 살갑다. 모래를 뒤집어쓴 사막의 게가 넘실거리는 경계를 넘나들며 파도에 안긴다. 목마름이 아니다. 사막의 게는 태생적으로 그렇게 살아왔다.

갑자기, 참으로 느닷없이 반라의 여인이 바다에 뛰어든다. 모래를 뒤집어쓴 게랄 놈들이 자지러지게 놀라며 모래 속에 숨어든다. 파도에 몸을 내맡긴 반라의 여인은 돌고래 같은 탄성을 지른다. 먹장구름이 해빙기의 얼음처럼 갈라지면서 따가운 햇살이 이마를 부신다. 조금 전까지만 해도 번개와 천둥이 한차례 소나기를 내리퍼부었는데 언제 그랬느냐는 듯 끝없이 펼쳐진 사막은 거울의 반사처럼 햇볕을 받아 안으며 눈을 부시게 한다. 반라의 여인이 바닷물에 뛰어든 갈망을 충분히 이해하고도 남는다. 아이스크림을 입에 넣으며 진저리치듯 파도를 타는 여인의 모습이 모래 속에 숨어드는 게와는 또 다른 생동감을 안겨주는 것도 그래서일 것이다.

물기 머금은 모래가 선명한 발자국을 남기는가 하였는데, 뒤돌아보면 포말이 아스라이 다가와 장난스레 지워버린다. 바짓가랑이를 적신 채 얼마쯤 걸었을까, 순간 외로움을 느낀다. 하늘에서 떨어진 운석과도 같다는 생각이 가슴을 후빈다. 그 마음은 곧바로 사막에서 방향을 잃은 방랑자 아니면 드넓은 바다에서 표류된 자의 절망과도 같은 외로움으로 번지면서 이중창문을 뚫고 비바람이 들이치듯 심장을 싸늘하게 비질한다. 황량하고 처량한 기분이 드는 것은 고독이라든가, 외로움 따위는 누가 가져다주는 것이 아니라 스스로 불러일으키는 감정일 것이다.

어쨌거나, 그러한 현상은 시시때때로 충격적으로, 아니면 모래 위에 물이 스며들듯 스스로에 의해 가슴을 적신다. 아무도 없는 허허벌판이나, 이슬에 젖은 새벽녘의 한기와도 같이 스며드는 고독의 파장은 때때로 견디기 어렵다. 그런가 하면 넘쳐나는 군중 속에서 다가오는 외로움은 더욱 복잡한 양상으로 번져나 비참하기까지 하다. 그러나 지금의 외로움은 이것도 저것도 아닌, 사막의 열기와 바다의 신선한 차가움이 해무처럼 가슴을 적신 까닭이다.

나는 계속 앞으로 나아가며 투명하고 해맑은 경계를 즈려 밟는다. 착시현상처럼 보이는 사막의 끝이 보일 뿐 뚜렷한 목적지는 떠오르지 않는다. 가는 방향은 눈앞에 펼쳐져 있다. 사막의 끝까지 향하는 무연의 행보. 그러기에 나그네의 길은 아니다. 더구나 죽음에 이르는 길도, 구도자의 길도 아니다.

방금 전, 사막의 오아시스로 다가온 후박나무 군락지를 다녀왔다. 그곳은 이곳과는 사뭇 다른 분위기를 안겨주었다. 무언가 정리가 안 된 너저분하고 산만한 여러 형태의 자갈과 후박나무의 군락지에서 풍기는 오물 냄새와 버려진 쓰레기더미의 볼썽사나운 광경들이 바다의 정취와 후박나무의 청정한 기상을 더럽혔다. 그런데도 자갈을 밟는 소리가 정겨움을 주었고, 후박나무의 우람한 그늘 아래에서 더위를 피할 수 있었다. 시원한 향취가 마음을 넉넉하게 다스렸다. 금방 사물과 환경에 익숙해진다는 것, 거기에는 일말의 향수 같은, 비릿한 추억이 가슴 한구석에 숨겨져 있기 때문일 터였다.

섬목. 후박나무 군락지를 일컫는 그 지명은 오랜 세월 동안 바래고 문드러져 기억에서 소멸되고도 남았을 텐데, 아직도 희미한 등잔불처럼 나의 빈 가슴속에 남아 있다니. 어쩌면 그 빛바랜 기억을 좇아 더위를 입에 물고 왔는지도 몰랐다.

그날은 봄장마가 그치고 초여름을 여미는 햇살이 눈부신 날이었다. 우리는 담임선생님의 인솔 아래 사생대회를 나갔었는데, 무엇보다 자유를 누릴 수 있다는 들뜬 기분에 젖어 있었다. 구질구질하게 내린 곰팡내 습습한 봄장마에 갇혀 지낸 교실은 신축공사에 내몰려 화장실 옆 창고로 쓰던 곳을 임시로 개조하여 사용한 터라 창문을 열면 고약한 인분 냄새가 오장육부를 뒤집었고, 통시구덕의 구더기랄 놈들은 안방 드나들듯 수시로 무상 출입하여 비윗장을 긁었다. 상상만 해도 구역질이 솟구치는 교실로부터 놓여났으니 그 기분들은 짐작하고도 남았다. 교문을 나설 때부터 신선한 갯바람이 묵혔던 가슴을 청량하게 환기시켰고, 한달음에 도달한 바다는 상큼한 포말을 일으키며 발목을 적셨다. 쉼 없이 하얗게 날을 세우며 다가오는 파도. 그 파도를 말없이 받아 안으며 하늘 높이로 서 있는 후박나무들. 푸르고 청정한 기상은 한없이 외경스러웠다.

야! 문어다. 누군가 바다로 뛰어들기가 무섭게 또래들은 너도나도 신바람을 일으키며 문어를 잡아 올렸다. 문어는 세 살배기 아이보다 컸다. 어찌나 힘이 센지 빨판을 무기 삼아 휘감는 힘을 당해낼 수가 없었다. 문어와 어우러져 실랑이 끝에 잡아 올렸을 때는 모두가 지쳤는데도 문어랄 놈은 여전히 마귀할멈처럼 사정없이 휘감은 빨판을 쉬이 풀어주지 않았다. 겨우 문어에서 놓여났을 때는 팔과 다리가 문어의 빨판 자국으로 빨갛게 부어올랐고, 그때서야 우리들은 한기를 느낀 나머지 오들오들 떨었다.

엄청 크다! 이 문어는 틀림없이 바다에 던져진 시신을 먹고 자랐을 거여. 누군가 문어의 눈을 들여다보며 엉뚱한 소리를 하였다. 또래들은 그 말에 금방 두려움을 느꼈다. 우리들의 가슴에 할머니, 어머니의 한숨 섞어 하던 이야기가 등줄기를 타고 흐른 것이다.

행여 섬목 뿌저리는 가지 말거라이. 육이오 때 이쪽저쪽 가릴 것 없이 보복을 자행한 곳이니께. 한동안 피바다를 이루었어야. 그 원혼들이 후박나무 숲에 깃들어 밤마다 모습을 나타낸단다. 그래서일까, 사람들은 섬목 가기를 꺼려했다. 문어, 감성돔, 농어, 장어, 숭어, 볼락, 낚시로는 섬목 뿌저리가 제일로 좋은 목인데도 사람들은 애써 그곳을 외면하였다. 밤낚시는 더욱 금기사항처럼 여겼다. 문어를 바다의 지킴이로 다시 바다로 돌려보내자는 담임선생님의 의견을 우리들이 받아들이기까지 꽤 시간이 걸렸는데, 후박나무에 깃든 원혼들이 대낮인데도 지켜보고 있는 것만 같아 서둘러 학교로 돌아왔다.

그 기억의 잔해가 아직도 남아 있다니. 후박나무를 우러러보며 착잡한 기분에 젖었다. 우리는 저쪽 바위 끝으로 낚시를 갑니다. 일행 두셋이 그렇게 말하고 장난스레 물장구를 치며 가는데도, 지난날 피바다를 이룬 금기의 곳이라고 굳이 말릴 수가 없었다. 반세기가 훌쩍 지난 오늘 그 참상은 흔적도 없을 터였다. 모든 사람들의 기억 속에서 증발되어버린 역사의 현장. 변함없이 파도를 쓸어안고 있는 바위만 침묵으로 한 세월을 이고 있음에랴.

후박나무에 깃든 떠도는 원혼들은 지금도 밤마다 모습을 나타낼까? 거기에 생각이 이르자 바닷물에 더위를 풀어 던지고 싶었다. 마음과 육신을 정갈하게 헹구고 후박나무 그늘 아래에서 낮잠을 한숨 자고 싶다는 통증 같은 무엇이 치밀었다. 꿈속에서라도 그들 원혼들을 만나 한 맺힌 그간의 이야기를 듣고 싶었다. 그들은 내 할아버지, 아버지, 삼촌, 당숙이 아니었던가.

발등을 적시는 바닷물은 지열과 맞닿아 시원한 줄 몰랐는데, 바다 깊이로 나아가자 푸른 물감처럼 차가웠다. 파도에 떠밀리듯 하늘을 보고 누워 한가하게 가슴을 모두었다. 말할 수 없는 깊이의 상념과 회한이 떠오름직한데 마음이 점점 텅 비어갔다. 막연히 피서를 왔다는 그 진공상태였다. 한 무더기 파도가 무념의 공간을 사정없이 휘때렸다. 난파선이 된 듯하였다. 순간, 전율을 감싸 안았다. 거대한 문어랄 놈이 몸을 휘감는 공포에 휩싸였다. 재빨리 헤엄쳐 나와 후박나무 그늘 아래 숨기듯 몸을 뉘었다.

한 무더기 파도는 뭍에서 건너온 유람선이 일으킨 것이었다. 자갈밭에 이마를 짓찧더니 한 무리의 피서객들을 내려놓았다. 그들은 저마다 한 아름씩 짐을 안고 내리더니 후박나무 그늘 아래 자리를 펴고 빙 둘러앉아 음식을 펼쳤다. 곧바로 삼겹살 익는 냄새가 나고 술잔을 주거니 받거니 왁자하였다. 저런 몰상식한 인간들 같으니라고. 어디서 음주행각이야? 눈을 세모꼴로 뜨고서 바라보니 이건 또 무언가. 여러 인종들이 뒤섞여 있었다.

바다를 건너온 사내들은 다들 이쪽 사람들인데, 여자들은 모습들이 제각각이었다. 피부색도 달랐고, 서툰 우리말의 억양도 사뭇 달랐다. 금방 그들을 이해하였다. 이국 멀리에서 온 이방인들이었다. 몽골, 필리핀, 베트남, 연변, 등지에서 삶을 일구기 위해 온 여인들. 그녀들은 이곳을 알고 있을까? 과거에서부터 오늘에 이르기까지 섬목이 안고 있는 역사의 피 흘림을. 그러자 갑자기 혼란이 일었다. 민들레의 홀씨처럼 날아온 변종이 아름다운 꽃망울로 다가왔기 때문이었다.

여보, 이게 양귀비가 분명한데 어렸을 적 보았던 품종과는 무언가 달라요. 어느 날 화단을 가꾸던 아내의 그 말에 아, 그런가? 무심히 보아 넘겼다. 이것 보세요. 어딘지 모르게 모양새가 다르지 않아요? 변종임에 틀림없어요. 아내는 매년 소리 없이 바람에 불려와 튼실하게 뿌리를 내리고서 탐스럽고 예쁘게 꽃망울을 터뜨리는 변종을 보고 속수무책 그 아름다움을 감상하였다. 양귀비뿐만 아니었다. 민들레를 비롯하여 여러 꽃씨들이 바람에 불려와 화단을 장식하였다.

물론 그 아름다운 꽃망울을 터뜨리기까지 아내의 갈등이 컸다. 그냥 눈 질끈 감고 뽑아버려야 하나, 아니면 모른 체 해야 하나, 그것도 아니면 다른 무리들과 어울리도록 똑같은 자양분을 골고루 나누어주며 고이 길러야 하나, 아내는 매번 고심하였고, 그 가운데는 변종인 줄 모르고 사 온 꽃씨도 있었다. 아내와 변종과는 그렇게 말 없는 갈등과 충돌이 빚어졌고, 그 꽃씨들은 아내의 눈치와 마음을 사기 위해 훨씬 튼실하게 뿌리를 내리고서 아름다운 꽃망울을 터뜨렸다.

지금 한잔 술로 피서를 즐기며 웃고 즐기는 그녀들도 남다른 고뇌와 갈등을 짊어지고 행복을 가꿀 것이다. 무엇보다 언어의 충돌과 관습과 사유개념과 낯설은 행동반경에서 오는 눈치문화가 몸에 배어 있을 것이다. 이국 하늘 아래에서 만개한 꽃망울을 터뜨리기 위한 부단한 자기 성찰과 눈물겨운 노력. 그러기에 그녀들의 자생력은 강할 수밖에 없을 것이다. 주인의식을 뿌리내리기 위한 처절한 자기 인내와 갈등. 그 구조 속에서 눈물로 일구는 행복지수…….

한 무리 비키니 차림의 아가씨들이 남극의 펭귄처럼 사막으로 오른다. 신선하고 자극적이다. 생기발랄한, 싱싱한 나신들이 아슬아슬하게 성적 흥분을 유발한 채 물방울을 튀기며 비치파라솔 아래로 숨는다. 젊음이 넘쳐흐르기에 선정적이다.

잠깐만요. 미안하지만 셔터 한번 눌러주실래요? 물방울 튀기는 듯한 목소리가 나의 발걸음을 멈추게 하였다. 아직도 머릿결에서부터 발끝까지 물방울이 맺혀 있다. 내키지 않는 얼굴로 자석에 이끌리듯 다가간다. 이 카메라는 작품을 위주로 하는 수동식이거든요. 앵글을 잘 맞추시고 아주 조심스레 셔터를 눌러야 해요. 아가씨 하나가 카메라를 건네주며 설명을 부언한다. 비릿하고도 짭찔한 바다 냄새가 향수처럼 물큰 다가온다. 자궁 깊이에서 묻어나는 태초의 생명감이 피부로 느껴지며, 바다에서 사막으로 오른 물개가 양수를 터뜨리는 모습을 불러일으킨다. 벌거숭이나 다름없는 그녀들을 카메라에 담는 순간, 그녀들도 깊숙한 자궁 속에서 생명을 쏟아놓을 것 같다.

자, 포즈를 취하세요. 잠시 혼란스러운 마음을 도리질해 진정시키며 카메라 핀트를 조절한다. 그녀들은 물기를 머금은 채 각자 포즈를 취한다. 그 모습들이 아침이슬을 머금은 꽃들이다. 화사한 꽃. 감정을 억제하지 못한 설익은 마음 같아서는 그 꽃들을 아주 조심스럽게 꺾고 싶다.

여기를 보세요. 이제 찍습니다. 찰칵, 셔터를 누른다. 그녀들의 얼굴 한켠에 미세한 긴장감이 흐르는가 싶었는데 곧바로 비치파라솔 너머로 사라진다. 한 번 더 찍어주세요. 이번에는 너무 진지하게 찍지 말고 가벼운 기분으로 셔터를 눌러 주세요. 우리보다 그쪽이 더 몸이 굳어 있어요. 그녀들은 까르르 웃음을 매단다.

아, 그래요? 실풋이 웃으며 사격장에서 한 눈을 내리감고 목표물을 조준하듯 다시금 그녀들을 정조준한다. 그녀들은 아까보다 훨씬 자유로운 포즈들이다. 미끈한 다리가 더욱 자유롭고 요염하다. 늘씬한 각선미. 혹시 모르니까 한 번 더 찍겠습니다. 자신도 모르게 나는 그녀들의 각선미를 카메라에 담는다.

수고하셨어요. 고마워요. 카메라를 건네준 아가씨가 조심스럽게 카메라를 받는다. 뭘요. 쑥스럽게 웃으며 그녀들로부터 멀어진다. 모래를 애무하는 포말에 그녀들의 각선미가 유영한다. 그 순간, 바다 밑에 숨 쉬고 있던 대게가 사막으로 기어오른다.

대게와 각선미. 그러자 그녀가 다가왔다. 벌써 잊은 지 오래되었는데 선명한 꿈처럼 다가오다니. 정말 잊고 있었다. 이제는 기억 속에서 사라져버린 망각의 여인이었다. 영원히 잊어버린 여인의 실체. 그런데 느닷없이 나타난 불청객처럼 눈앞에 다가서다니. 창고 속에 처박아두었던 낡은 앨범을 떠들리듯 그녀의 실체를 바라보았다. 안개가 걷히듯 그녀의 도드라진 입술과 늘씬하게 쭉 빠진 두 다리가 마치 파도에 깝죽거리는 장난감 돛단배처럼 황홀하게 클로즈업되었다. 정말이지 그녀는 이 세상에서 가장 아름다운 도톰한 입술과 각선미를 자랑하였다. 누가 보아도 섹시함 바로 그것이었다. 한겨울에도 그녀는 자신의 아름다움을 한껏 과시하기 위해 선정적인 입술과 성적 충동을 일으키게 하는 두 다리를 본능적으로 즐겨 드러냈다.

그러나 유감스럽게도 나는 남들과는 달리 그녀의 도톰한 입술과 늘씬한 각선미를 드러내놓고 찬양하지 않았다. 속물주의를 배제한 순수한 눈망울로 보자면 그녀의 입술과 두 다리는 육감적이고 매혹적인 만큼 유혹을 불러일으키는 욕정과 열정이 위험수위로 배어났다. 자칫 열정에 눈이 멀게 되면 황홀한 그 입술과 각선미에 매몰되어 헤어나지 못할 것만 같았다.

그녀는 나의 그 마음을 처음부터 육감적으로 느껴 알았다. 남들은 한결같이 그녀의 입술과 각선미에 매료되는데, 이방인처럼 냉혈한의 눈으로 바라보고 즐기는 데서 한편으로는 위험스러움을 넘어선 신뢰와 믿음을 부여하였다. 그녀 나름대로 경계심을 지니지 않아도 된다는 무의식의 발로에서 먼 거리의 여행 때는 동반자의 개념으로 함께하기를 바랐다. 그녀의 그 마음을 아는지라 매번 흔쾌하게 동행하였다. 그 덕분에 내키지 않는 여행과 별로 마음에 들지 않는 숙식을 함께하였다.

그러한 가운데 그녀와 영덕으로의 여행은 마지막이 되었다. 요즘 영덕 대게가 한창이라는데 그곳까지 가주실 수 있어요? 어느 날 평소 그녀답지 않게 깔끔하고 정중한 목소리로 물어왔다. 물론 그 목소리 속에는 그녀만이 지니고 있는 장난기 어린 들뜬 감정이 묻어났다. 멀다면 멀고 가깝다면 가까운 거리인데 오늘은 운전하고 싶지 않네요. 딱히 거절할 수 없어 비껴가는 말로 대답하였다. 운전은 제가 하죠. 그 짤막한 한마디로 모든 게 결정되었다. 그만큼 그녀는 나의 마음을 헤아리고 있었다.

그녀는 들뜬 감정을 숨기지 않고 그 어느 때보다 즐겁고 행복한 얼굴로 차를 몰았다. 우리 온 김에 내일 일출까지 보고 가는 거예요? 그 말에 꼼짝없이 동의하였다. 그녀는 무언가 벅

찬 기대감을 안고 있었다. 영덕에 도착하였을 때는 서산에 해가 한 뼘 정도 걸려 있었다. 동해안이어서 좀 더 일찍 해가 기우는지도 몰랐다.

동해 푸른 바다는 정말 생동감이 넘쳐나. 언제 보아도 그 속에 빨려든다니까. 나의 그 말에 그녀도 동감하였다. 그래요. 저렇게 짙푸르게 생동감으로 넘쳐나는 남자가 있음 지금이라도 제 생을 그 품에 영원히 묻어버리고 싶어요. 자살 충동을 느낀 것은 아니고? 그 말을 혀끝에 깨물었다.

유료주차장에 차를 집어넣은 그녀는 배가 고프다는 듯 손님을 잡아끄는 첫 집에 들어섰다. 그러고 보니 점심을 건너뛰다시피 하여 뱃속이 헐거웠다. 저 말이죠. 영덕 대게라면 사족을 못 쓰는 거 알죠? 그랬던가? 나는 의문부호를 달며 잠자코 상머리를 지켰다. 곧이어 김이 모락이는 대게가 연분홍빛으로 식탁에 올려졌다. 드세요. 그녀는 식욕이 발동한다는 듯 늘씬한 대게 발 가운데 제일로 토실한 부위를 집어 들었다. 두 다리를 척 꼬아 붙이고서 도톰한 입술로 맛있게도 살집을 먹어댔다.

정말 섹시한 자태야. 순간, 몇 세기로 거슬러 올라가는 착시현상에 빠져들었다. 대게의 늘씬한 다리가 그녀의 다리로 다가서면서, 그녀의 모습이 조상의 조상이랄 수 있는 벌거벗은 식인종으로 변하였다. 대게를 탐식하는 게 아니라 자신의 다리를 뜯어 발기는 것이었다. 그리고 그 착시현상은 곧바로 전이되어 그녀의 각선미를 탐스럽게 왕성한 식욕으로 먹어 치우고 있는 나를 발견하였다.

아까는 별로 내켜 하지 않더니 잘 드시네요. 한 마리 더 시켜요. 그녀는 부족하다는 듯 일방적으로 주문을 하였다. 그와 함께 나는 안갯속을 헤쳐 나오듯 착시현상에서 벗어났다. 식욕이 싹 가셨다. 그녀의 탐식에 질렸다기보다 지금까지 그녀의 다리를 뜯어 발겼다는 비릿하고 메슥한 질감이 마음을 착잡하게 하였다. 그래, 난 너의 늘씬한 각선미를 탐식한 거야. 너의 도톰한 입술이 대게의 토실한 다리를 먹어치우듯이…….

한 마리 더 주문한 대게를 그녀가 먹어치우는 동안 어둠이 내려앉는 동해의 바다를 바라보며 연거푸 술잔을 털어 넣었다. 생각에 잠겨 있는 옆모습이 퍽 매력적이에요. 그녀는 포만스러운 얼굴로 자리에서 일어났다. 다음 코스? 그녀의 의도와는 달리 바닷가로 나갔다. 방파제에서 밤 깊도록 동해의 바닷속에서 각선미를 키우는 대게를 생각하였다. 너희들은 언제쯤 오늘의 식인종들을 위해 잡혀 나올 거지? 추워요. 그녀의 비릿한 비음을 귓결로 흘려들었다. 정말 여기서 밤을 지새울 거예요? 그래도 못 들은 체하였다. 좋아요. 저 먼저 들어가겠어요. 샐쭉 토라져 멀어져가는 그녀를 어둠 속에서 지워버렸다. 그리고 그녀 곁을 떠났다.

영덕 대게를 떠올리게 하는 비치파라솔 아래의 그녀들의 각선미는 햇살에 잘 익어 누군가를 유혹한다. 군침을 흘리며 먹어치우기를 은근히 바란다. 그녀들의 각선미는 유연하고 아름다운 만큼 관음증을 유발시킨다. 흘깃거리며 관음증을 즐기는 식인종들을 은근히 의식하며 즐긴다. 거미줄을 쳐놓고서 먹잇감을 기다리는 거미처럼 그녀들은 각선미를 내보이며 관음증 식인종들을 불러들인다. 그리고 새빨간 입술로 식탐을 즐긴다. 먹고 먹히는 식인종과 식인종 사이에 가로놓인 먹잇감…….

어린아이 둘이 파도에 발을 적시며 초라니게를 잡고 있다. 남매인 듯싶다. 그러고 보니 남녀 한 쌍이 가슴께까지 차오르는 바닷물에서 수구를 하고 있다. 수구라기보다는 풍선을 매개로 한 사랑놀이 같다. 참 보기 좋은 모습이다. 사랑은 마음의 꽃이라고 하였던가? 순간, 외로움이 포말이 되어 발목을 적신다. 고독이라든가, 외로움의 그림자는 대체로 거울의 반사처럼 낯익게 다가오는 행동반경에서 반사신경처럼 밀물의 질감으로 다가오고 파생한다. 그 외로운 내면의 그림자를 썰물로 밀어내며 아이들 곁에 쭈그리고 앉는다.

많이 잡았어? 큰애가 말없이 우유병을 내보인다. 서너 마리가 병 바닥을 맴돌고 있다. 먹을 수 없을 텐데? 먹는 게가 아니거든. 우리도 알아요. 그냥 재미로 잡는 거니까 놓아줄 거예요. 이 조개도 먹을 수 없는 건가요? 작은애가 손안에 움켜쥐고 있던 모시조개를 내보인다. 그건 먹을 수 있지만 한 개로는 맛이 제대로 우러나지 않을 거야. 그럼 조개도 게와 함께 모래 속에 심어주어야지. 작은애는 투명한 목소리로 결정을 내렸다. 그 목소리에서 문득 어린 시절을 떠올렸다.

고향의 바닷가는 갯벌과 몽돌밭으로 뭍과 경계를 이루었다. 갯벌은 모래사막과는 달리 많은 생명들을 숨 쉬게 하였다. 낙지, 쭈꾸미, 문저리, 장어, 가자미, 쏨팽이, 바지락, 꼬막, 굴, 그 밖에 종류도 다양한 게들이 무리를 지어 살고 있었다. 썰물이 지고 갯벌이 시커멓게 드러나면 우리들은 옷을 걷어붙이고 갯벌에 뛰어들어 손에 잡히는 대로 조개와 게, 그리고 문저리, 낙지 따위를 잡았다. 온통 뻘을 뒤집어쓰고 잡는 재미도 재미려니와 그것을 전리품처럼 깡통에 담아 눈물 콧물 흘리며 불을 지펴 삶아 먹는 맛은 그저 그만이었다. 고소하고 시원한 맛은 어른들의 입맛까지 유혹하였는데, 전날 마신 숙취를 풀기 위해 염치불고하고 우리들의 진맛을 무단 탐식하였다. 그 가운데 반미치광이 폰수의 존재는 아귀처럼 귀찮기만 하였다. 무엇보다 막무가내 지악스러운 먹성에 폰수가 나타났다 하면 머리를 내둘렀다.

폰수는 부잣집 외동아들이었다. 손자를 일찍 보기 위해 폰수보다 연상인 처녀에게 열일곱 나이에 장가를 보냈다. 폰수는 외동아들로 귀하게 자랐는지라, 신혼 첫날부터 신부는 뒷전이었다. 개구쟁이 아이들과 놀기에 바빴고, 신부를 한참 위의 누님처럼 올려다보았다. 그런데도 신부는 다소곳이 시집살이를 하였다. 은근히 세월을 기다린 것이다. 신부의 기다림은 오래 걸리지 않았다. 여드름이 알밤처럼 툭툭 튀어나오고, 목소리가 변성기로 접어들면서 어엿한 사내로 성장하였다. 자연 여자를 바라보는 눈빛이 달랐다. 무르익을 대로 무르익은 꽃 같은 아내가 어느 날부터 소담하고 이쁘기만 하였다. 그야말로 한 송이 꽃이었다. 부모는 이제는 손자를 보겠다고 조바심치며 기다렸다. 그러나 부모의 기대와는 달리 좀처럼 며느리에게 소식이 없었다.

너희들은 부부지정을 이룬 지가 언제인데 아직도 무소식이냐? 며느리에게 지나치는 말로 물을라치면, 며느리는 그저 얼굴만 붉혔다. 너무 금슬이 좋아서 그런가? 아니면 며느리에게 무슨 문제라도 있는 건가? 시간이 흐를수록 부모는 초조해하였다. 답답한 나머지 임신에 좋다는 약도 지어다 주고 북두칠성님께 비손이도 하며 기다렸다.

그런 어느 날, 며느리가 친정에 다녀온다며 집을 나서고 나서 행방을 감추었다. 당장 벌집을 쑤셔놓은 듯하였다. 집안 망신이 아닐 수 없었다. 별별 해괴한 소문이 떠돌았다. 수소문 끝에 며느리의 행방을 알게 되었는데, 한사코 시가에 들어가기를 마다하였다. 시집살이가 고된 것도 아니고, 왜 그러냐고, 어르고 달래도 자식을 낳을 방법이 없다고 울먹였다.

겨우 그 깊은 속내를 알고 난 부모는 아연실색하였다. 아들에게 문제가 있었다. 밤마다 발버둥을 치는데도 어인 일인지

제 기능을 발휘하지 못한다는 것이었다. 아무래도 궁합이 제대로 들어맞지 않아 며느리의 성정을 감당할 수 없을 게야. 폰수 어머니는 폰수가 어릴 적 기저귀를 갈아 끼울 때마다 어이구, 내 새끼. 귀엽기도 하지. 불알을 쓸어내렸던 기억을 상기하며 머리를 도리질하였다. 궁합이 딱 맞는 새 며느리를 얻어 떡대 같은 손자를 보자고 매파를 놓았다. 그러나 한번 소문이 짜하게 퍼진 터라 어느 집에서도 쉽사리 딸을 내주려고 하지 않았다. 당사자인 폰수 또한 마음 내켜 하지 않았다. 새장가 말만 나오면 우거지상을 지었다.

폰수는 고자라네. 아이들까지 폰수가 지나치면 외장치며 놀려댔다. 폰수로서는 정말 죽을 맛이었다. 사내로 태어나 사내구실을 못한다는 것은 산송장이나 다름없었다. 이 치욕스러운 불명예를 어떻게 감당하나. 몇 날을 두문불출, 머리를 싸매고 술독에 빠져 지내며 자신의 비참한 물건을 내려다보던 폰수는 방문을 뛰쳐나간 그 길로 섬목 뿌저리 물살 드센 바닷물에 몸을 던졌다. 그러나 자살은 수포로 돌아갔다. 마침 지나가던 옹기배가 발견하여 머리만 다쳤을 뿐 살아났다. 그리고 그 후유증으로 머리가 이상하였다. 반미치광이가 되어 오로지 먹고 자는 것밖에 몰랐다.

오늘날 폰수가 살아 있다면 폰수 어머니의 소망은 충분히 이루어졌을지도 몰랐다. 방금 전, 섬목 후박나무 군락지에서 피서를 즐기던 이국의 여인들을 떠올린 것이다. 그녀들이라면 튼실하게 뿌리를 내리고서 폰수 부모의 소망을 심어주었을 것이다.

나는 일어서려다 말고 반짝 눈에 들어오는 돌을 발견하였다. 반쯤 모래 속에 파묻힌 돌을 파내어 바닷물에 씻었다. 무수한 별들이 수놓아져 있었다. 이건 하늘에서 떨어진 운석이 아닌가? 은하수가 가로놓여 새겨져 있고, 별자리들이 선명하게 박혀 있었다. 어느 시절에 이곳에 떨어졌을까? 오랜 세월 바닷물에 씻기고 닳았는데도 몇만 년 전의 유물처럼 빛을 발한다.

순간, 도시의 매캐한 공간 속에서 하늘의 별을 잊고 지낸 세월이 마음을 공허롭게 하였다. 무언가를 잃은 자의 마음이었다. 이제는 아무도 밤하늘의 별들을 아름답게 바라보지 않는다. 하늘을 가로지른 은하수와 별똥별을, 발견할 수도, 기억해내지도 못한다. 무엇이 우리로 하여금 밤하늘의 영롱한 존재를 망각의 늪 속에 빠뜨리게 하였을까?

어린 시절, 무수히 바닷물에 떨어지는 밤하늘의 별들은 정말 아름다웠다. 별똥별들은 서로 다투듯 얼마나 우리의 가슴 속에 떨어졌던가. 별똥별이 떨어질 때마다 가슴을 모두고 소원을 빌기를 몇 번이나 하였던가. 마당가에 모깃불을 피우고 시원한 밤바람에 한가한 마음을 누이고서 밤하늘의 별들을 헤아리노라면 나도 모르게 은하의 세계를 거닐었다. 들꽃을 꿔어 들듯 가슴에 별을 따 담을 때마다 꿈과 낭만으로 부풀어 올라 어느새 잠이 들고는 하였다.

별을 많이 따 담을수록 어디를 가더라도 거짓이 없단다. 착한 마음으로 한 세상을 살 수 있지. 그래서 착한 사람은 죽어서도 하늘로 올라간다고 하지 않던? 그럼, 우리 할머니는 은하의 세계에서 우리를 내려다보고 있겠네. 저게 우리 할머니의 별인지 모르지. 댕기머리 치렁한 누님은 나의 손을 꼬옥 잡으며 귓속말로 은하수 한가운데 유난히 크게 반짝이는 별을 가리켰다. 그 누님의 입김이 아직도 귓불에 묻어나며, 참으로 오랜만에 운석에 새겨진 밤하늘의 별들을 따 담는다.

파도가 발목을 적신다. 투명하고 뚜렷한 바다와 사막과의 경계. 그 지표 위에서 다시금 걷는다. 아직도 사막의 끝은 아득하다. 되도록 잡스러운 상념 따위에서 벗어나, 오로지 운석에 새겨진 별들을 판별하기로 한다. 어느 시절에 생성된 별들일까? 어느 행성에서 새겨진 천체의 별들인가? 보면 볼수록 빛을 발한다. 푸른 정기로, 따뜻한 색상으로, 눈부시게 빛나는 빛살로, 은은한 황금빛으로, 마치 거울에 비친 나의 본래면목처럼 반짝인다.

그때, 주머니 안에서 휴대폰 소리가 처량하게 울린다. 공해로 뒤덮인 도시의 공간 속에서는 귓청을 때리듯 요란하기만 한데, 드넓은 바다와 사막의 시공에서는 왠지 모르게 청승맞게 들린다. 잔뜩 겁을 먹은 길 잃은 어린아이의 울음소리만 같다. 은하의 세계로 한 발 내딛는 찰나였는지라 반갑지가 않다. 무심한 마음으로 휴대폰 울림소리가 자지러지기를 기다린다. 그러자 또 한 번 성급하게 휴대폰 소리가 진동한다. 왈칵 짜증이 난다.

빨리 좀 받으면 어디 덧나요? 상당히 신경질적이다. 왜, 무엇 땜새? 나의 대답 역시 퉁명스럽다. 사람이 보이지가 않아요. 이제 돌아갈 시간인데, 거기가 어디쯤이에요? 나도 내가 있는 곳이 지구상의 어디쯤인지 잘 몰라. 시떠운 소리 그만하고 돌아와요. 모두가 기다려요. 떠날 시간이 넘었단 말이에요. 여전히 팽팽한 음율이다. 나는 이마에 송글 맺히는 땀방울을 의식하고서 해를 가늠해본다. 아직도 사막의 끝은 멀었는데, 하루의 긴 해가 어느 사이에 저만큼 걸려 있다. 하루가 무척 길게 느껴지는데도 기실은 너무나 짧다. 길다는 것과 짧다는 개념은 사람마다 거기에 처한 환경에 따라 다를 것이다. 하지만 뒤돌아보면 모래밭에 찍힌 발자국을 바닷물이 지워버리듯, 아무런 흔적이 없다. 그냥 지나쳤을 뿐이다.

나는 발길을 돌렸다. 그와 함께 하루를 잊기로 하였다. 굳이 사막의 끝까지 갈 필요가 없을 터였다. 또 다른 여행이 기다리고 있지 않는가. 나의 시발점에서 운석에 새겨진 별들을 찾아 나서기로 한 것이다. 그러자 운석에 새겨진 별들이 하나씩 깨어나면서 제각기 지니고 있는 여러 갈래의 빛을 발하기 시작하였다.

노루똥

새해 들어 보이지 않던 임사백이 초췌한 얼굴로 신토불이 동동주집을 들어섰다. 술좌석은 철 지난 가을날 선들바람에 흔들리는 서리 맞은 수수 모가지처럼 금방이라도 중심을 잃을 듯한 모습들이었다. 농탁한 술안주는 새해라고 해서 달라진 것은 없었다. 정치권 비리로부터 시작하여 중동 문제, 일본의 강도 높은 지진에 의한 쓰나미, 거기서 파생한 방사능 누출, 사교육 문제, 도처에 자리 잡은 도덕불감증, 허리케인처럼 휩쓸고 간 구제역에 이르기까지 술안주로 난도질당하고, 구워지고, 튀겨지고, 삶아진 가운데 대화의 중심은 어느덧 종착역을 향하듯 음담패설로 나아가고 있었다.

"어디 몸이라도 부실한 건가?"

현 화백이 자리를 내주며 반겼다.

"보나 마나 연말을 술독에 빠져 지냈겠지요."

현 화백 옆에 앉은 주먹이 술을 쳐올렸다. 주먹은 중국에서 들여온 수산물 밀수사건에 연루되어 조용히 숨죽여 지내지만 아직도 그 세계에서는 건재하였다. 소위 문화와 예술에 분 바르고 치장한 사람들로부터 인심을 잃지 않은 것은 주먹답지 않게 주위의 가난하고 불쌍한 사람들을 몸을 던져 돌보아주는 인정 많은 의리 때문이었다. 가난한 문인화가에서부터 소녀가장, 몸이 불편한 독거노인에 이르기까지 남몰래 도움을 주었다. 그게 다 신앙심이 깊은 부인의 내조 덕분이었다.

정의감도 남 못지않아 지난날 민주화운동 때도 주먹을 높이 쳐들고 앞장을 섰다. 하여 내로라하는 술꾼들이 즐겨 찾는 신토불이 동동주집의 출입을 기꺼운 마음으로 받아들였다. 특히 현 화백과는 가까운 사이였는데, 현 화백이 독거노인들의 초상화를 즐겨 그려준 때문이었다. 현 화백이 그린 독거노인들의 입상은 오늘의 그늘지고 주름진 자화상이어서 보는 사람들로 하여금 두고두고 서늘한 감동을 주었다. 독거노인들의 자화상을 등 떠밀듯 전시회를 열게 한 것도 주먹이었다. 현 화백과는 그렇게 인연이 닿아 호형호제하며 즐겨 술자리를 함께 하였다.

"그게 아니고, 새해를 알차게 설계하기 위해 마음을 비운답시고 지리산을 올랐다가 폭설에 갇혀 죽을 고생을 하였어."

"올겨울은 유난히 눈발이 맹위를 떨쳤잖아요."

"이 세상에서 가장 아름다운 꽃은 하늘에서 내리는 눈꽃이야. 그 속에 묻혔기로서니 무슨 얼어 죽을 고생."

현 화백은 시덥잖다는 듯 주먹의 말을 내쳤다. 보나 마나 시심(詩心)에 잠겨 방향감각을 잃었을 것이다.

"현 화백이야 스케치밖에 더 해봤겠어."

임사백은 입안 깊숙이 술잔을 털어 넣었다. 목울대를 타고 내리는 술기운이 짜릿한 감동을 주었다. 새해 들어 처음 맛보는 술이었다. 지난 음력 선달그믐날 연례행사처럼 지리산을 찾았다. 일 년에 두 번, 그러니까 여름날 아내를 잃은 비극의 현장에서 조촐한 마음으로 아내의 넋을 기렸고, 설날이면 아내의 영혼을 찾아 나섰다. 그와 더불어 새해에는 새 마음으로 알차게 다져보자고 말없이 차갑고 준엄한 산을 올랐다.

혼자 가만한 걸음으로 산을 오르노라면 저절로 마음이 경건해졌다. 앙상한 겨울산은 깊은 사색과 고요한 정기를 불러일으켰다. 산을 오를 때마다 흐트러진 마음을 다잡았고, 새로운 활력과 순일한 정신세계를 열어주어 혼자라는 절대 고독이 새삼 자연과 하나 되게 하였다. 사색에 잠기며 산상에 올랐을 때 눈발이 바람에 실려 왔다. 아, 눈이다! 임사백은 머리와 어깨 위에 내려앉는 흰 눈송이가 무슨 길조라도 된다는 듯 착잡한 가운데 한 가닥 동심에 젖었다.

임사백은 거기까지 떠올리다가 흠칫, 몸을 떨었다. 사뿐거리며 눈보라가 휘날릴 때는 그저 상큼하고 정겨웠다. 옷자락을 하늘하늘 떨치며 하늘에서 내려오는 아내의 혼백이었다. 임사백은 눈을 맞으며 아내가 폭우에 휩쓸려간 주위를 맴돌며 옷깃을 여미었다. 그날은 정말 악몽이었고 불행이었다. 여름 피서지로 지리산을 찾았을 때는 그렇게 행복할 수가 없었다. 마치 신혼여행에 들뜬 기분으로 산을 올랐다.

“이제부터 우리만의 시간을 오붓하게 가져요. 그동안 아이들 뒤치다꺼리야, 생활이 무엇인지 너무 힘겹게 갇혀 지냈어요.”

아내는 소녀처럼 마냥 들떠 있었다. 평소에도 화장기 없는 청순하고 수더분한 아내였는데, 산기운에 젖은 아내의 모습은 천진한 구석마저 있었다.

“그래요. 세상은 좁고도 넓은데 오늘에 이르기까지 비탈길을 오르듯 하였어요. 이제는 여유롭게 지낼 때도 되었소.”

임사백은 아내의 손을 다정하게 잡았다. 시인이라는 영혼의 솟대가 이제는 전설로 묻히어가는데도 아내는 말없이 지켜보며 가난하고 빠듯한 가운데 마음자리를 넉넉하게 하였다. 그 같은 내조로 시심을 일굴 수 있었다. 임사백은 함께 산을 오른 일행들과 이만큼 거리를 두고 텐트를 쳤다. 어둠이 찾아들고, 흐르는 계곡물에 띄워 보내는 풀벌레 울음소리는 하늘 멀리 은하의 세계로 흘러드는 듯하였다.

솜씨껏 간단하게 차린 저녁도 신선한 입맛을 돋우었다. 연애시절 이런 시간을 보내고 처음 갖는 피서인지라 아내의 마음은 더욱 즐거움으로 넘쳐났다. 저녁을 들고 일행들과 어울려 간단하게 산상파티를 열었다. 모두가 발아래로 느껴지는 세간사를 놓아버리고서 즐거움을 노래하였다. 아내의 애창곡도 심금을 울렸는데, 그도 그럴 것이 임사백으로서는 오랜만에 들어보는 노래였기 때문이었다.

"오늘 산상파티는 다 좋았는데 밤하늘의 별들을 보지 못해 아쉬웠어요. 날을 잘못 잡았는가 모르겠어요."

아내는 텐트로 돌아와 자리에 들면서 먹장구름에 덮인 밤하늘을 원망하였다. 하긴, 밤하늘의 별빛이 초롱하게 쏟아진다면 더없이 좋은 밤일 터였다.

"나는 풀벌레 울음소리에서 마음속으로 은하의 세계를 보았어요. 걱정하지 마시오. 내일은 아름답게 쏟아지는 별빛을 마음껏 구경할 것이오."

임사백은 아내의 등을 토닥거렸다. 아내의 머릿결에서 풀향기가 났다. 임사백은 그 풀 향기를 맡으며 오랜만에 풋풋한 사랑을 나누고서 단잠에 들었다. 세상을 일시에 놓아버린 행복한 잠이었다. 그런데 어느 순간이었을까. 벼락을 치듯 난장치는 소리가 귀청을 깨뜨렸다. 어마지두 잠결에 놀란 임사백은 무슨 일인가 싶어 밖으로 뛰쳐나왔다. 위쪽에서 야영을 하던 일행들의 아우성과 비명소리가 들렸는가 싶었는데, 차갑고 시커먼 물체가 엄청난 힘으로 내리덮쳤다. 임사백은 발을 헛딛으며 중심을 잃었다. 가까스로 허리를 내리치는 나뭇가지를 붙들고 사투를 벌였다.

절체절명의 위기에서 순간 아내의 생사가 염려되었다. 바윗덩이보다 더 무겁고 해일보다 더 광폭하게 구르는 계곡물 속에서 아내를 부르며 찾았다. 어둠 속에서 아슴하게 올려다 보이는 야영지는 흔적을 찾아볼 수 없었다. 번개와 천둥이 내리치는 빗살 속에서 계곡물은 더욱 무서운 속도로 굴러 내렸다. 시간이 얼마나 흘렀을까. 갑자기 빗줄기가 멎었다. 올 때도 그랬지만 갈 때도 언제 그랬느냐는 듯 단칼에 무 베듯 뚝 그쳤다. 그 순간 임사백은 나무둥치를 끌어안은 채 정신을 놓아버렸다. 아스라이 계곡물소리가 잦아졌다.

희붐하게 날이 밝고 아침햇살이 이마를 부시었다. 임사백은 혼미한 정신에서 깨어났다. 계곡물은 천연한 자태로 숨 가쁘게 굴러 내리고 하늘은 투명하고 푸르게 열려 있었다. 선선한 산기운이 천진난만한 악동처럼 가슴을 어루었다. 아내는? 임사백은 허겁지겁 아내를 찾았다. 어디로 휩쓸려 갔는지 생사를 알 길 없었다. 아내뿐만 아니었다. 함께 산을 오른 일행들 가운데 사상자와 실종자가 생겨났다.

구조대와 더불어 몇 날을 백방으로 찾아보았지만 행적이 묘연하였다. 저 멀리 바다까지 뒤져보았으나 절망과 슬픔만 배가되었다. 그런데도 일 년 넘게 아내의 생사에 대해 미련을 단념할 수 없었다. 어쩌면 오늘에 이르기까지 아내의 영혼을 찾을 수 있을 것이라는 한 가닥 염원으로 사고현장을 찾았다. 아직도 그날의 악몽이 전신을 휘감을 때마다 아내의 죽음을 믿지 않았다.

“자네 또 엉뚱한 환상에 사로잡힌 거지? 술잔 받으라구.”

현 화백이 의식을 일깨우며 술잔을 건넸다. 현 화백은 누구보다도 아내를 잃은 임사백의 상처받은 마음을 깊이 헤아렸다. 임사백은 말없이 술잔을 들이켰다. 그리고 무심코 안주 대신 주머니에서 환약을 꺼내 깨물었다. 그와 함께 시큰한 통증이 뒤통수를 쳤다. 아내의 영혼처럼 사뿐거리며 머리 위에 내려앉던 눈은 시간이 흐를수록 무겁게 짓누르기 시작하였다. 눈은 소리 없이 발밑을 내리덮더니 발등을, 발목을 뒤덮었다. 푹푹 빠지는 걸음은 옮겨 딛기가 힘들었다. 등허리의 땀이 식어 내리며 더럭 망각의 늪에 빠진 듯하였다. 사방을 둘러보아도 온통 눈으로 뒤덮여 방향을 가늠할 수 없었다. 손전화도 불통이었다. 구원의 손길이 아득하였다. 나뭇가지에 내려앉은 눈부시게 아름다운 눈꽃도 잠깐 감동을 주었을 뿐, 마녀가 산다는 동화 속의 눈의 나라를 떠올리게 하였다. 길을 잃어버렸다는 절망감과 산을 내려가야 한다는 갈망과 동시에 찾아오는 두려움은 한없이 마음을 초조하게 하였다. 이 눈밭, 아내의 영혼 속에 고요히 묻혀 잠드는 것도 좋겠지.

임사백은 지그시 눈을 감으며 육신을 내려놓았다. 마음이 그지없이 평온하였다. 그때였다. 흰 눈 자락에 실리어 아내의 목소리가 다가왔다. 여기는 당신이 누울 자리가 아니에요. 일어나세요. 당신의 가슴속에 지니고 있는 시심은 잿불로 사위어가는 불꽃이 아니에요. 아시겠어요? 아주 다정하면서도 단호한 목소리로 일으켜 세웠다. 임사백은 아내의 목소리에 떠밀려 솔가지 눈썰매에 몸을 의지한 채 넘어지고 미끄러지면서 구르듯 산을 내려왔다. 아사 직전, 조그마한 토굴에 이르러 허기와 추위와 피로에 지쳐 의식을 잃었다.

"가만, 그게 뭐야?"

현 화백은 임사백이 되돌리는 술잔을 받으며 물었다.

"산신령께서 내려주신 보약이야. 눈 속에 갇혀 허기를 이기지 못하였을 때, 산신령께서 이걸 내려주시지 않겠어. 심마니가 산삼을 발견하듯 기력을 회복하였지."

"두말할 것 없이 정력제네?"

"시중에 나도는 비아그라에 비교할 성질이 아니지."

임사백은 싱겁게 웃었다. 현 화백의 현재 위치가 떠올라서였다.

"나도 한 알 주면 안 되겠나?"

현 화백의 게게풀린 눈망울이 호기심으로 반짝 빛났다.

"현 화백에게만 가만히 줄 테니까 소문내지 말라구."

임사백은 한껏 뜸을 들이며 호주머니에서 환약을 꺼내어주었다. 현 화백은 소주잔을 입안 깊숙이 털어 넣고 나서 환약을 안주 대신 소중하게 삼켰다.

"임사백님요, 그럴 수 있습니까? 좋은 것은 나누어 가지랬다고 어찌 그리 비밀스럽습니까. 저도 맛 좀 봅시다."

현 화백 옆에 앉은 주먹이 낌새를 알아차리고 손을 내밀었다.

"자네는 아직 젊지 않아. 젊은 사람이 이걸 먹으면 감당을 못한다구."

현 화백이 임사백 대신 알밤을 먹이듯 머퉁을 주었다.

"한번만 부탁합시다. 이럴 때일수록 화끈하게 마누라에게 점수를 따놔야 하지 않겠습니까."

주먹은 끔찍이도 마누라를 위하였다. 누가 보아도 쭉 빠진 미인으로 주먹과는 어울리지 않았다. 주위에서 마누라도 주먹으로 휘어잡았느냐고 농담 섞어 말할라치면, 말도 마슈. 이래봬도 강태공이 빈 낚싯대로 고기를 낚듯 새끼손가락으로 사랑을 일구어낸 겁니다. 투박하게 생긴 새끼손가락을 내보이며 너스레를 떨었다.

주먹이 그녀를 만난 것은 운명적인 인연의 무엇이었다. 그날 주먹은 모처럼 고향친구들과 어울려 주말을 즐겼다. 모두들 산골 다랭이밭이나 일구어 먹던 가난한 집에서 서럽게 자랐는지라 각박한 도시에 나와서도 그저 그런 시저분한 위치였다. 주먹만 하더라도 뒷골목에서 울끈불끈 치사하고 더럽게 굴러다닌 끝에 그런대로 그 세계에서 통하는 힘의 우위를 앞세워 정직과 의리를 저버리지 않고 살아온 까닭에 신망을 얻었다. 더구나 가난하고 불우한 사람들을 내 몸처럼 돌보아 주는 그 마음이 고향친구들에게도 한결같은 마음이어서 언제나 모임자리를 주선하였다. 점심나절부터 알싸하게 향수를 불러일으키며 정회를 푼 주먹은 광안리 바닷가 등대 쪽으로 바람을 쐬러 나갔다. 늘 그렇지만 고향친구들과 어울리면 그놈의 어린 시절, 때에 절은 추억이 향수 속에 묻어나 콧날을 시큰하게 하였다.

등대로 가는 방파제에는 낚시꾼들과 주말을 즐기는 사람들로 제법 붐볐다. 주먹은 천천히 걸음을 옮겼다. 매몰찬 바닷바람이 이마를 어루었다. 날을 세운 파도가 방파제를 때릴 때마다 알 수 없는 전율이 등줄기를 타고 내렸다. 그때였다. 외마디 비명소리가 들린 것은. 저만큼 앞서 걷던 그녀가 방파제를 건너뛰다가 그만 실족한 것이다. 비명소리에 달려간 주먹은 그녀에게 손을 내밀었다. 다른 사람들은 엄두를 내지 못하였다. 119를 불러요, 119를! 건성 외마디소리를 지르며 발만 굴렀다. 정말이지, 겨우 새끼손가락만 닿았다. 다급할 때는 지푸라기라도 잡는다고 하였던가. 그녀는 주먹의 새끼손가락에 매달렸다. 주먹은 새끼손가락에 생명을 의지한 그녀를 혼신의 힘을 다하여 구해냈다. 생명의 은인이었다.

그녀와의 만남은 그렇게 시작되었다. 그녀와는 태어난 환경 자체부터 어울릴 수 없는데도 그녀는 만나는 횟수가 잦을수록 험상한 사회의 인식과는 달리 의리 있고 곱상한 인간미에 젖어들었다. 불우한 사람들에게 남몰래 베푸는 온정과 의리.

가진 자들의 이중성과는 전혀 달랐다. 그 마음은 사랑으로 발전하여 부모와 주위에서 권하는 그 좋은 혼처 자리를 마다하고 주먹과 결혼하였다. 신실한 신앙심으로 남편을 감화시키겠다는 부부애가 자리한 것이다. 주먹 또한 그녀를 이 세상 무엇과도 바꾸지 않을 만큼 그녀를 사랑하였다.

"그럼, 한 번만이야. 알았지?"

임사백은 주먹에게 환약을 주었다. 주먹은 톡톡히 효과를 보자면 마누라와 일전을 치르기 직전 복용해야겠다면서 양복 안주머니에 고이 간직하였다. 그리고 임사백은 한 일주일 신토불이 동동주집에 가지 못하였다. 오랜만에 마신 술자리여서 한 이틀 몸조리하였고, 그간 밀린 원고청탁을 손질하였다.

임사백은 일주일 만에 어슬렁어슬렁 집을 나섰다. 밀린 청탁원고를 보내고 나니 그렇게 한가할 수가 없었다. 새해라고 특별한 일은 없었다. 과거와 현재의 연속이었고, 그게 미래로 이어지는 게 사람 사는 양식 아닐까. 임사백은 그간 소원해진 몇몇 지기들을 만나 회포를 풀고 알싸한 그 기분으로 신토불이 동동주집으로 향하였다. 신토불이 동동주집은 여전히 단골들이 죽치고 앉아 술잔 속에 시시콜콜한 담화들을 담아내고 있었다. 현 화백은 불그레 익은 얼굴로 기다리고 있었다는 듯 반겨 자리를 내주었다.

"자네, 저번 그거 있지? 이번에는 좀 제대로 줘봐."

"왜, 효과가 없었어?"

"술김에 먹은 탓인지, 아니면 나이 때문인지, 영 말을 듣지 않았어."

"여기 있네. 이번에는 술 깨고 나서 제대로 시험해봐."

임사백은 손에 집히는 대로 환약을 쥐어주었다. 현 화백은 어쩌다 두 번 결혼에 실패한 뒤 제자뻘 되는 새파란 여자와 부부의 인연을 맺었다. 인생은 삼세번이랬다고, 결혼도 삼세번 치러야 제대로 합궁이 되지 않겠느냐고 희떠운 소리를 곧잘 하였다. 여기가 무슨 서양 풍속이냐고 눈 모퉁이를 줄라치면, 자네들은 모른다고, 일부일처제의 예찬론자들은 사랑의 질과 양을 제대로 모른다고 너스레를 떨었다. 때로는 그 나이에 주책이지 싶었고, 한편으로는 그 나이에 새파란 마누라에게 침대 속에서 헌신하는 꼴을 상상하기라도 할라치면 안쓰러운 감이 없지 않았다.

현 화백은 첫 부인과는 사별하였다. 현 화백 말로는 열일곱 살 때부터 사랑을 나누었다고 하였는데, 젊은 시절 그녀의 모습은 결 고운 청순미를 지니고 있었다. 그런데 애석하게도 폐암으로 일찍 세상을 하직하였다. 현 화백은 아내를 잃은 슬픔으로 한동안 세상과 절연하다시피 하였다. 화실에 처박혀 아내의 초상화만 그렸다. 벽 전체를 온통 초상화로 도배질하다시피 하였는데 하나하나의 표정이 각기 달랐다. 아무리 뜯어보아도 똑같은 그림은 없었다. 어쩌면 그렇게 아내의 내면을 추출해낼 수 있을까, 보는 사람마다 감탄하였다. 십 년을 화실에 틀어박혀 아내의 얼굴만 그리던 현 화백은 어느 날 바람처럼 세상을 내닫기 시작하였다. 어디를 쏘다니는지 지치고 지칠 때까지 산천경개를 유람하였다.

두 번째 아내를 맞이한 것은 방랑기의 끝 무렵이었다. 그게 아니라 두 번째 아내를 만남과 동시에 방랑벽이 막을 내린 것이다. 그녀는 첫 번째 아내와는 너무나 대조적이었다. 생김새뿐만 아니라 행동거지하며 사고의 틀까지 이질적이었다. 어떻게 만났느냐니까, 산에서 만났다고 짤막하게 대답하였다. 그게 더 궁금증을 불러일으켰는데 현 화백은 그 이상은 말을 삼갔다. 은근슬쩍 그녀에게 물어보아도 활달한 성격과는 달리 선명하게 대답해주지 않았다. 그래서인지 궁금증을 더욱 부채질하였다. 갖가지 입자들이 떠돌았다.

그런데 첫 번째 아내의 초상화와 그동안 산천을 떠돌며 스케치한 그림을 전시하고 나서 말없이 사라졌다. 어찌된 거냐고 묻자, 현 화백은 천연한 얼굴로 인연이 그것뿐이어서 놓아 보냈다고 아리송한 얼굴로 구름 잡는 소리를 하였다. 맹물도 아니고 부부인연으로 만났으면 호지부지 헤어질 성질이 아니지 않는가. 주위에서는 아무래도 도배질하다시피 한 첫 아내의 초상화를 보고 버티어낼 수 없었을 것이라고 입방아를 찧었다. 하지만 그건 터무니없는 말이지 싶었다. 헌데, 현 화백은 두 번째 아내와 헤어지고 나서는 도무지 미련을 갖지 않았다.

첫 번째 아내를 잃은 슬픔과는 비교가 되지 않았다. 흐르는 시냇물에 낙엽이 떠내려간 담담한 모습이었다.

그러고 나서 삼 년 뒤에 세 번째 아내를 맞이하였다. 주위의 권고에 못 이겨 나이 어린 아내를 얻었다고 하나, 알 만한 사람들은 두 사람의 만남을 아주 감명 깊게 받아들였다. 그녀는 한 번인가, 두 번인가, 아르바이트로 현 화백 앞에서 포즈를 취하게 되었는데, 어린 나이인데도 대담하게 현 화백을 동반자로서 내조를 하겠다고 열병을 앓았다. 난처한 것은 현 화백이었다. 이게 무슨 일이고? 허공의 한 점 흰 구름처럼 대한 그녀였는지라 이건 도무지 이해가 되지 않았다. 그런데 문제는 더욱 복잡하게 돌아갔다. 급기야는 그녀의 부모가 나서서 딸년 하나 살려달라고 사정하는 바람에 몇 날을 숙고 끝에 이것도 운명이고 인연이려니 체념하고서 아내로 맞아들였다. 그녀의 친정아버지와 현 화백과는 나이 차이가 서너 살 터울이었다. 그렇게 인연을 맺은 그녀는 주위의 염려와는 달리 참으로 헌신적이었다. 나이를 초월한 성숙한 사랑으로 내조를 하였다. 현 화백도 차츰 그녀의 사랑에 동화되어 자상한 가장으로 변모하였다.

"저도 모른 체하지 마십시오."

주먹이 곁에서 넉살 좋게 손을 내밀었다.

"자네는 효과가 있던가?"

"말이라고 하십니까. 원기왕성, 기적을 불러일으켰지요. 마누라가 어디서 갑자기 그런 힘이 솟아났느냐고 홍양거리지 않겠어요."

"요즘 자네 신세가 떨거지 꼴이어서 개구리처럼 움츠리고 있다가 모처럼 뛰어오른 게군."

"그러게 말입니다. 생각만 해도 황홀지경이었어요."

"한데, 이번에는 공짜로 줄 수 없네."

"좋습니다. 오늘 이 자리 술값은 제가 다 책임지지요."

"암만, 그래야지."

임사백은 선심 쓰듯 환약을 안겨주었다. 그러자 옆자리의 모주꾼들도 너도나도 호기심을 부풀렸다.

"그리 좋은 것을 어째서 우리에게는 의붓자식 대하듯 하는 거요?"

"수요를 공급이 따를 수 없구만."

임사백은 난감하였다. 애당초 말을 꺼낸 게 잘못이었다.

"그걸 말이라고 하시오? 값을 올리려거든 공개적으로 올릴 것이지."

"맞아요. 입찰을 합시다. 까짓것, 인생이 별거요. 나이 들어 황홀지경 속에서 목울대를 잠기는 것만큼 행복한 것도 없을 게요."

"공개입찰이라? 임사백, 이 기회에 한몫 추슬러. 그래야 꽃샘추위를 따뜻하게 이겨낼 수 있지 않겠어?"

현 화백은 불그레 익은 얼굴로 분위기를 부추겼다.

"산삼이 어디 흔하던가? 더구나 신령한 산신님이 내려준 약인데. 어이, 주먹. 자네의 알량한 자비심으로 조금씩 나누어 가지면 어떻겠나? 난 보다시피 빈 주머니야."

임사백은 과장된 표정으로 주머니를 내보였다.

"안 됩니다. 다른 것은 몰라도 이건 금줄을 쳐야겠어요."

주먹은 일언지하에 내쳤다.

"현 화백도 안 되겠어?"

"나는 더욱 문을 굳게 닫아야지. 꺼져가는 불씨에 기름을 붓듯 다시없는 회춘일 수도 있지."

"허어, 이거 야단났군. 두 사람 다 평소의 분별심과 선행은 어디로 가고 이기심을 앞세운단 말인가."

"그러게 말이오. 현 화백은 그렇다치고, 주먹은 아직 젊었으니까 선심을 쓰셔. 마음 밑자리에 깔린 선행심을 망각하면 안 되지."

"안 된다니까요."

주먹은 울큰한 기분으로 누가 빼앗을세라 환약을 입에 털어 넣고 나서 시원스레 술잔을 비웠다.

"야, 주먹도 회춘에는 예외가 아니구먼."

주위의 눈들은 현 화백에게 쏠렸다. 현 화백은 처지가 난망하였다.

"그런데 산신령께서 무슨 약재를 사용한 건가?"

주위의 눈들을 의식한 현 화백은 아무래도 궁금하다는 듯 임사백을 돌아보았다. 궁여지책의 무엇이기도 하였다.

"난들 알겠는가."

임사백은 시침을 뚝 뗐다. 그 순간 흰 눈송이로 변한 아내의 얼굴이 눈앞에 하늘거렸다. 시린 목마름 그것이었다.

"비몽사몽 간에 내려주었을지라도 한 목소리는 들었을 것 아닌가."

"정말 알고 싶은가?"

"뭘 그리 뜸을 들이는가."

현 화백은 재촉하였다. 주위의 눈들은 호기심으로 침묵하였다.

"노루똥일세. 송편을 빚듯 흰 눈송이에 고물을 넣은 노루똥이야말로 여과되고 정제된 순수하고 신령스러운 약이었지."

"노, 노루똥요? 우에웩!"

주먹은 울컥 음식물을 술판 위에 토해냈다. 난장판이 따로 없었다. 주위의 표정들이 각양각색인 가운데 현 화백은 술잔을 가져가려다 말고 입언저리에 묘한 그림자를 드리웠다.

"이 사람아, 이보다 더 더러운 돈도 억 억 하며 잘도 삼키는 세상에 그 신령스러운 것을 토해내?"

임사백은 웃음으로 일갈하며 자리를 털고 일어섰다. 비몽사몽 간 흰 눈송이로 다가오는 아내의 얼굴을 쓸어안은 채 노루똥을 집어삼키며 의식에서 깨어난 전경을 떠올리자 자신도 모르게 생과 사, 그 절박한 심연을 다시금 가슴에 여미었다.

마녀목 馬女木

미지의 세계는 언제나 마음을 설레게 한다. 더구나 꼭 한번 가보고 싶다는 열망은 기대감을 부풀게 하고, 환상을 불러일으키며, 저 시원(始原)으로 거슬러 올라가는 신기루 현상마저 부추긴다. 개도(蓋島). 나를 그렇게 등 떠민 곳은 바로 개도였다. 어찌 생각하면 아주 볼품없는 버려진 땅일지도 모르고, 아니면 지상낙원에 버금가는 섬일지도 모르고, 안개가 걷힌 민둥산처럼 한 가닥 실망감을 안겨줄지도 몰랐다. 어쨌거나, 오래전부터 개도는 내 마음속에 자리 잡고 있었다. 특별한 동기부여가 스며든 것도 아니었고, 누구나 한번쯤 가보고 싶은 관광지로서 회자된 것도 아니었다. 한잔 술이 나로 하여금 환상을 머금게 하였다. 이름하여 개도 막걸리. 사촌동생과 오랜만에 만난 자리에서 개도 막걸리를 내놓았다. 나는 대뜸 그 술맛에 반하여 어디서 났느냐고 물었고, 개도라는 섬에서 빚어낸 술이라고 하였을 때, 그곳은 분명 세상을 눈속임하는 속물근

성이 닿지 않은 청정한 그 무엇인가가 깃들어 있을 것이라고 생각하였다. 그리고 술잔 속에 떠돌았던 세속을 초월한 듯한 향기를 떠올릴 때마다 바람처럼 나의 코끝에 묻어났고, 그러한 신기루 현상은 개도를 밟아보고 싶다는 소망으로 전이된 것인데, 오늘 비로소 그 바람이 이루어진 것이다.

그러나 개도로 가는 길은 만만치가 않았다. 어렵게 여름 휴가를 앞당겨 집을 나섰는데, 고속도로부터 사정은 말이 아니었다. 피서 차량으로 들어찬 고속도로는 조금도 움직일 줄 몰랐고, 불볕더위로 한증막이나 다름없는 여행길은 사람을 실신상태로 몰아갔다. 집 떠나면 고생이라고, 견딜 만큼 참고 나아가자. 그로기 상태에서 고속도로를 벗어나 목적지에 이르렀을 때는 그 긴 하루해가 서산 너머로 비껴가고 있었다. 바다를 건너기는 글렀고, 전망 좋은 곳에서 석양낙조나 바라보자고 찾아든 곳이 언젠가 한 번 숙박하였던 민박집이었다. 유기농법으로 양계를 주업으로 하고 있는 민박집 주인은 우리를 무척이나 반겼다. 이백 마리의 암탉이 낳는 유정란이 성공적으로 팔려나간다는 것이었는데, 널찍한 공간에 닭들이 자유로이 뛰놀 수 있는 양계장은 그간의 세월을 말해주었다.

"개도요? 여기서 십 분 거리의 읍내에서 쾌속정을 빌려 타면 될 겁니다."

목적지를 말하자 민박집 주인은 자신도 두어 번 쾌속정을 빌려 타고 다녀왔다고 하였다.

"막걸리 향기 속에 무언가가 숨어 있는 듯해서요. 그 점을 알아요?"

"저는 비주류라서요. 개도 막걸리라면 모두가 알아주죠. 내일 직접 가셔서 그 숨은 향기를 몸에 바르시지요."

나는 그럴 수밖에 없다고 머리를 끄덕였다. 반갑게도 우리보다 하루 전날 민박을 든 서울사람들과 어울려 이곳의 특산물이라 할 수 있는 갯장어 일종인 하모회를 술안주로 개도 막걸리를 들었다. 서울사람들도 이렇게 술맛 좋은 막걸리가 있느냐면서 자정을 넘기며 바다에 쏟아지는 별들을 술잔 속에 담았다. 북두칠성이 유난히 가깝게 다가왔는데, 문득 어린 시절 어머니의 말이 떠올랐다. 너는 북두칠성님이 점지해주셨응께 어디를 가더라도 북두칠성님께 먼저 가슴을 모두고 잠자리에 들거라이. 어느 때부터인가 어머니의 그 말을 잊고 지냈는데, 어머니의 목소리가 그리움으로 번져나는 것은 왤까?

새벽 이슬이 발목을 적실 때서야 겨우 한숨 눈을 붙이고 나서 읍내로 향하였다. 읍내는 저 옛날의 영화는 간 곳 없고 초라한 어촌으로 나앉아 있었다. 동헌과 향교의 위용이 아직도 쩌렁 고을을 울리는데, 퇴락한 집들과 영세한 인심은 그게 아니었다. 수협공판장은 그 같은 인심을 단적으로 말해 주었다. 근해에서 잡힌 생선 몇 상자를 두고 경매를 붙이고 있었는데, 도대체가 신명이 나지 않았다. 기대와는 달리 생선매운탕 대신 소 내장탕으로 해장을 한 것도 오늘의 현실을 도색하였다.

“다들 경매를 붙이고 남은 피죽대기 괴기로 집에서 해장을 하는디, 따로 돈 주면서 풍성하게 매운탕거리를 앞에 놓고 해장을 하것소. 다 지난 이야그구만요.”

주인 아주머니는 놀기 삼아 겨우 현상유지를 한다면서 푸념 섞어 말하였다. 개도를 건너는 쾌속선을 묻자, 가만있으시오. 낚시꾼들을 실어 날리는 배를 알아볼 텐께요, 하고 밖으로 나갔다. 조금 있자 말린 문어처럼 시뻘겋게 얼굴이 탄 사내가 주인 아주머니의 치마꽁지를 물고 들어섰다. 흥정이 이루어지고, 다소 요금이 비싸다고 생각하였으나, 피서철이라는 점을 힘주어 강조하는 사내에게 양보를 하였다. 그 사이 주인 아주머니는 소 내장탕을 가져왔다. 소박하고 투박한 대로 맛깔이 있어 간밤의 숙취를 거뜬히 해갈할 수 있었다. 계산을 치르고 함께 동행하였던 김 교감 부부와 헤어졌다. 그들 부부는 출발할 때 이미 사정상 향일암을 들러보고 귀가해야 한다고 하였다. 섭섭한 감이 없지 않았으나 할 수 없었다. 사내가 기다리고 있는 선창가로 나갔다. 바다는 잔잔하였고, 햇살은 두텁고 따가웠다. 쾌속선이 일으키는 바닷바람은 그래서 더욱 신선하게 폐부를 휘저었다. 사내는 거북 등처럼 엎디어 있는 올망졸망한 섬들을 자상하게 일러주었으나, 흰 포말을 일으키는 쾌속정의 속도에 묻혀 잘 알아들을 수 없었다. 멀리 또는 가까이 다가서는 섬들은 그저 섬일 뿐이었다. 어디 섬뿐이겠는가. 하나의 물체, 하나의 형상은 먼 거리에서는 하나의 실체일 뿐이다.

"저게 개도요."

사내가 가리키는 손끝을 바라보는 시야 속에 묻어난 개도 또한 하나의 섬에 불과하였다. 바다에 무수히 떠 있는 섬들 가운데 하나의 작은 개체였다.

"생각보다 작은 섬인데요."

"섬 자체가 한 마을이나 다름없어요. 하지만 두루 구경할 만합니다."

사내는 아내의 말에 실망은 안겨주지 않을 것이라는 표정을 곁들이며 배의 속력을 올렸다. 개도가 점점 가까이 다가오면서 드넓은 가슴으로 맞이하였다. 방금 피서객들을 실은 도선이 떠나고, 쾌속정은 도선이 일으키는 파장으로 곤두박질하듯 선창머리에 이마를 짓찧었다.

새로 조성한 뱃머리는 공허하기 짝이 없었다. 불볕더위가 드넓은 콘크리트 바닥을 달구어 더욱 황량하게 느껴졌다. 매표소와 거기에 딸린 매점 이외에는 인가라고는 없었다. 흔히 뱃머리에는 관광객이라든가, 이곳을 찾아오는 사람들을 위해 술집이나 횟집, 음식점, 커피숍, 하다못해 부동산 간판이나 파출소 정도는 있기 마련인데, 한심지경이었다. 더구나 섬을 일주할 수 있는 택시라든가, 버스도 없었다. 뭐, 이런 곳이 있나. 속으로 투덜거리며 당장 이마를 부시는 햇볕부터 피하고 싶었다. 마침 수건을 깊숙이 눌러쓴 아낙네를 발견하였다. 사람 구경하기가 이렇게도 어렵다니, 나는 우선 개도 막걸리를 만들어내는 양조장부터 구경하자고 아낙네를 붙들고 위치를 물었다. 아무래도 개도 막걸리로 갈증을 풀어야만 살 것 같았다.

"저 위에, 쪼깐 걸어 올라가면 나오요. 나를 따라오시오."

아낙네의 뒤를 따랐다. 금세 등허리에 땀방울이 옷을 적셨다. 쪼깐 걸어 오르면 된다는 거리가 오 리 길은 됨 직하였다. 바람 한 점 없는 무더위 속에서 금방 지쳐버렸다. 아낙네는 계속 앞서 걷기만 하였다. 마을이 보였다.

"아직 멀었어요?"

"워메, 내 정신 보소. 이것이 양조장이오. 어따, 저그 주인이 트럭을 타고 가는 모양인디, 소리쳐 부르시오."

아낙네는 저만큼 달아나는 트럭을 가리키며 소리쳤다. 그러나 트럭은 앞만 보고 달렸다. 낭패였다. 굳게 잠긴 양조장을 들여다보고 돌아서니 그나마 아낙네는 모습을 감추고 없었다.

"그런데 이 조그마한 마을에 교회가 위아래 둘씩이나 있다니 신기하군요. 무슨 신앙촌 아닌가요?"

지금까지 더위와 싸우느라 말이 없던 아내가 교회 십자가를 가리켰다. 마을 입구와 위쪽에 교회가 각각 자리 잡고 있었는데, 그 위용이 대단하였다. 길을 모르면 십자가를 찾아가라. 실없이 그 말을 떠올리며 마을 입구에 자리 잡은 교회를 찾아들었다. 무엇보다 사람이 그리웠고, 시원한 나무 그늘에서 갈증을 풀고 싶었다. 고맙게도 교회 앞 그늘진 곳에 널찍한 평상이 손짓하였다. 교인들의 휴식공간이지 싶었다. 어디서 들이치는 바람인지 시원하게 가슴을 어루었다. 비로소 살 것 같았다. 무념스레 시원한 바람을 들이마시며 더위를 식히고 있는데, 마침 햇볕에 검실 탄 사내가 교회에서 나왔다. 나는 반가운 마음으로 대뜸 이장을 찾았다.

"이장요? 방금 여기 있다가 갔는데, 무슨 일로 찾으신가요?"

"개도 막걸리 향기에 취하여 이곳에서 잠시 피서를 즐길까 해서요. 빈집이 있으면 더욱 좋구요. 마음에 들면 집을 사 들어 매년 피서를 올 수도 있어요."

"개도 막걸리에 단단히 반하였군요. 하루 민박이야 어렵지 않지요. 빈집도 더러 있구요……."

친절하게도 교회 안에 들기를 권했다. 그 한마디로 통성명을 주고받았는데, 교회 목사님이었다. 오히려 잘됐다 싶었다. 이곳의 목사라면 마을을 환히 꿰뚫고 있을 터였다.

"마을 전체가 신도들이겠습니다."

"그런 셈이지요."

목사님은 가벼운 마음으로 대답하였다. 흔히 도서지방은 어업에 종사하는 까닭에 토속신앙이 뿌리 내리고 있는데 이곳은 의외였다. 그만한 내력이 있음 직하였으나, 차차 그 속내를 알 수 있으리라 어림하고 목사님의 안내를 받아 빈집 구경을 나섰다. 영감이 병원에 입원하여 병 수발 때문에 비웠다는 집은 정갈스러웠다. 정원수며, 마루며, 태깔 곱게 가꾸고 비질하였다. 좀이 먹어 금방이라도 바스러질 것 같은 마루기둥은 그간의 세월을 말해주는데도 땀 배인 삶의 반점만 같아 친근감을 주었다.

"자식들이 도시에 나가 살기에 두 내외분 가운데 한 분이라도 돌아가시면 집을 처분할 수밖에 없을 겁니다."

"그러자면 시간이 걸리겠습니다."

나는 머리를 끄덕이면서 노인네 한 분이라도 살아 있는 한 따북이 집을 가꾸고 지킬 것이라고 생각하였다. 골목을 휘돌아 내려와 두 번째 집을 들어섰다. 이건 완전히 폐허나 다름없었다.

"조선 말기 이곳의 갑부가 천년을 살자고 지은 집인데, 일본놈들이 침탈을 자행하였고, 자식들이 뿔뿔이 흩어지는 바람에 이 지경이 되었습니다. 시(市)에서 문화재로 보수할까 하였는데, 지난 태풍 때 한쪽 처마가 날아가 보기 흉물스럽게 버려졌어요."

목사님의 설명이 아니더라도 처참하게 일그러져 나도 모르게 세월의 낙조를 비질하였다. 한때의 부귀영화가 이렇게 찌그러지고 문드러지다니. 망가지고 곰팡이 슨 집 구조와 버려진 등물은 그간의 삶의 역정을 말해주고 있었다. 집은 디귿자 겹집이었는데, 기왓장에서부터 문살 하나, 기둥뿌리 하며, 아직도 몇백 년 세월을 거뜬히 버틸 것 같았다.

"완전한 복구는 어려울 것 같고, 남은 재목으로 네 칸 겹집

정도로 다시 짜 맞추면 좋을 듯싶습니다."

나는 대목수라도 된 듯 집 설계를 하였다.

"그런 안목이라면 당장 소개해드릴 수 있는데, 이 집 자손들의 주소지를 제대로 모릅니다. 소문으로는 경기도 어딘가에 살고 있다고 하던데……."

"인연이 닿으면 어떻게 되겠지요."

"제가 한번 알아보리다."

목사님은 오던 길과는 반대 방향의 골목길을 돌아 나갔다. 당산나무 한 그루가 구십 노인의 허리 굽은 모습처럼 서 있었다. 고사 직전, 간신히 버티고 서 있는 듯한 모습에서 세월의 인고를 느껴볼 수 있었다.

"수령이 무척 오래인 듯싶습니다."

"맞습니다. 임진왜란 무렵에 심어진 나무니까요. 그리고 옛날에는 이곳이 마을 입구인 셈이었지요. 이곳을 기점으로 저 위에는 목장지였고, 요 아래 마을이 새롭게 형성된 곳은 매립지였어요. 마을사람들은 이 나무를 마녀목(馬女木)이라고 합니다."

"마녀목이요?"

나는 특이한 그 이름에 걸음을 멈추었다.

"이름 그대로 말과 여인의 넋이 잠들어 있어요."

목사님은 정자나무 그루터기에 엉덩이를 내려놓으며 밀짚모자를 벗어 들고 부채질을 하였다.

이곳은 원래 말을 기르던 목마장(牧馬場)이었다. 목마장을 관리하는 목자(牧子)는 양인 신분이었으나, 천인 신분의 일을 하였다. 말을 기르는 일이 그만큼 고됐던 것이다. 그래서 보통 목자는 첩의 소생이 대를 잇기 마련이었다. 그러나 이곳 목자는 양인 신분으로 자신의 직무에 충실하였다. 그에게는 어여쁜 외동딸이 있었는데, 어려서부터 말들과 함께 살았다. 아무도 벗할 수 없는 외로운 섬에서 마음을 주고받을 수 있는 것은 오직 말들이었다. 그중에서도 백마는 가장 절친한 벗이었다. 어려서부터 백마와는 함께 자라고 뛰어놀았다. 그녀가 열 살이었을 때 백마는 이제 갓 태어났다. 태어날 때부터 눈부신 털을 지니고 있어 누가 보아도 한눈에 명마임을 알 수 있었고, 귀여움을 독차지하였다. 그녀는 세상의 순결을 하얗게 뒤집어쓴 듯한 백마를 누구보다도 좋아하였다. 백마도 그녀의 사랑을 알아차렸다. 어미젖을 찾고 나면 껑충거리며 그녀와 놀았다. 술래잡기도 하였고, 달리기도 하였다. 여름날이면 바닷가에서 물장구를 치는가 하면 겨울에는 눈 쌓인 산야에서 눈사람을 만들기도 하였다. 그러던 어느 날 어미 백마가 군마로 징집되어 갔다. 졸지에 고아가 되어버린 백마는 어미를 잃은 슬픔으로 울었다.

"백마야, 울지 마라. 전쟁이 끝나면 곧 돌아올 거야. 네가 울면 나도 덩달아 슬퍼진단다."

그녀는 어미를 잃은 백마의 슬픔을 함께하였다. 백마는 그녀의 부드러운 손길에 어느 정도 슬픔을 삭이며 어미가 돌아오기를 기다렸다. 그러나 어미는 영영 돌아올 줄 몰랐다. 어미뿐만 아니었다. 한번 군마로 징집되어 섬을 떠나면 어떠한 말들도 다시는 돌아오지 않았다. 그 사이 세월은 흘러 백마는 그녀의 위로에 힘입어 어미를 잃은 슬픔에서 놓여났다. 훨씬 어른스러운 모습으로 그녀의 사랑을 받았다. 이제는 그녀를 태우고 멀리 산 너머까지 달려나가 수평선으로 이어지는 늘푸른 바닷가에서 몽돌을 줍기도 하였고, 푸른빛 바위 위에서 떠오르는 아침해를 바라보았다.

"이 몽돌 참 이쁘지? 떠오르는 아침해는 더욱 장관이고 말이야."

그녀는 푸른빛 바위 위에서 아침해를 향하여 조그맣고 예쁜 몽돌을 들어 보이며 까르르 웃음을 지었다. 몽돌이 진주처럼 빛을 발하였다. 백마는 그때마다 머리를 주억이며 콧김을 날렸다. 그녀는 날마다 몽돌밭에 나가 몽돌을 주웠다. 파도가 발목을 적시고 몽돌을 부시는 파도 소리는 향기롭기만 하여 때로는 갈매기 울음소리로 변하여 하늘 높이로 날아올랐다. 그럴 때면 백마는 하늘을 향하여 히힝, 소리쳐 울었다. 날개를 단 용마처럼 하늘을 날고 싶었다. 그리고 그녀를 태우고 곧바로 산 위를 치달아 올랐다. 가파른 산의 정상을 백마는 힘들이지 않고 단숨에 올랐다. 하늘가에 닿은 듯 수평선 너머의 세계가 환히 펼쳐 보였다.

“저기 보이는 섬은 일본이라는 나라야. 왜구들이 사는 곳이야. 너도 알지? 시시때때로 배를 타고 와서 분탕질을 치는 왜놈들 말이야. 너와 나는 왜구들이 노략질해 오면 봉홧불을 올리자꾸나.”

그녀는 멀리 수평선 너머로 보이는 대마도를 가리키며 힘주어 말하였다. 백마는 그저 머리를 주억거렸다. 백마의 그 눈빛은 무언가 모를 아득한 세월을 담고 있었다.

“네 눈빛은 때때로 엄마를 잃은 슬픔이 배어 있어.”

그녀는 백마의 목덜미를 쓰다듬으며 한숨을 지었다. 돌아올 줄 모르는 어미 말. 영원히 고향을 잃은 것이다. 백마도 언젠가는 어미의 전철을 밟을 운명임을 알고 있단 말인가? 한편으로는 측은하고 마음 아팠다. 백마가 그녀 곁을 떠난다면 그녀가 더 못 견딜 것 같았다. 난 어떤 경우라도 너를 떠나보내지 않을 거야. 그녀는 얼굴을 부볐다. 백마의 눈빛이 한결 밝아졌다. 우리 푸른빛 바위로 가자. 그녀는 백마의 잔등에 올라탔다. 백마는 바람을 일으키며 산을 내려와 해가 떠오르는 동쪽 절벽, 푸른빛 바위에 이르렀다. 푸른빛 암벽으로 둘러쳐진 기암절벽은 언제 보아도 절경이었다. 파도가 물기둥으로 부서지는 광경은 눈이 부셨다. 백마는 금방이라도 그녀를 태우고 바닷속 용궁까지 내달을 듯하였다. 진저리쳐지는 저 파도의 위용. 백마는 히힝, 소리쳐 울며 푸른빛 바위 위에 그녀를 내려놓았다. 일심동체. 이심전심. 그녀의 마음을 너무나 잘 헤아리기에 용솟음치는 파도의 유혹에서 벗어나야만 하였다.

“몽돌이 푸른빛 바위 위에서 점점 진주로 변해가는구나.”

그녀는 호주머니 속에 넣어 왔던 예쁜 몽돌을 정성스럽게 수를 놓듯 하나하나 배열하면서 황홀경에 빠졌다. 백마는 몰아지경에 빠져 있는 그녀에게 시간을 일깨웠다. 그녀는 내일을 기약하고 집으로 돌아왔다.

“너는 언제까지 백마와 놀기만 할 것이냐?”

그녀의 아버지는 처녀다운 행동을 할 줄 모르는 딸을 은근히 나무랐다. 이제 곧 나이가 차고 시집을 가야 하는데 철부지처럼 백마와 어울려 조신함을 모르니 걱정스러웠다.

“저는 백마가 없으면 안 돼요. 시집을 가더라도 백마를 데리고 갈 거예요.”

“오냐, 오냐. 알았다. 시집을 가면 혼숫감으로 백마를 딸려 보내마.”

그녀의 아버지는 딸의 마음을 다독거렸다. 나라의 재산인지라 딸의 혼숫감으로 딸려 보내기에는 어려움이 따를 것이나 딸의 마음을 살 필요가 있었다. 이제 백마는 누가 보아도 훌륭한 천리마로 자랐다. 그녀의 정성과 사랑이 묻어나 더욱 윤기가 흘렀다.

어느 날이었다. 백마와 산 위에 올랐을 때, 바다 멀리에서 살기 어린 함성이 들려왔다. 이게 무슨 일인고? 그녀는 두 귀를 곤두세우고 먼바다를 바라보았다. 시커먼 물체들이 짓쳐오고 있었다.

"아니, 저건 왜선들이 아니냐? 큰일 났다. 어서 봉홧불을 올리자꾸나."

그녀는 봉화를 올리고 나서 백마에 올라탔다. 백마는 쏜살같이 목마장으로 내달았다. 봉홧불이 오르고, 하루가 지났을까, 목마장에는 창검을 든 병사들이 들어와 징집될 말들을 점검하였다.

"때마침 오는구나. 백마 너도 징발되어야겠다."

푸른빛 바위에 나갔다가 돌아오는 백마에게 그녀의 아버지가 말하기 전에 대장은 벌써 백마를 알아보았다.

"이 녀석은 장군님께 바쳐야겠다. 모두들 말들을 인솔하라."

"아버지, 백마는……."

"어쩔 수가 없구나. 나라가 위급한 상황에서 전쟁터에 나가 용감히 의무를 다해야 하지 않겠느냐. 사내였다면 너 역시 전쟁터에 나가야겠지. 백마가 네 몫까지 나라의 의무를 다한다고 생각하려무나."

그녀의 아버지는 울먹이는 딸을 쓸어안았다. 백마는 끌려가면서 처절하게 울부짖었다. 그녀와의 이별을 서러워하였다. 그녀는 선창까지 뒤따르며 헤어짐을 슬퍼하였다. 그리고 시름시름 앓아누웠다.

"전설 속의 이야기만 같습니다."

나는 그녀와 백마의 모습을 눈앞에 떠올리며 아득한 세월 너머 황량하고 외로운 목초지를 생각하였다.

"아닙니다. 진짜 이야기는 그다음입니다."

목사님은 엄숙하고 진지한 표정을 지었다.

"그래요? 묵혀졌던 역사의 한 단면이 사실로 다가왔으면 합니다."

나는 억새풀로 우거진 묘지를 보듬어 안았다. 분명 한 시대를 살다 갔는데도 아무도 떠들리지 않는다.

"잘 알다시피 임진왜란은 이 나라 강토를 그야말로 초토화시키다시피 하였어요. 임금은 피난을 가고, 백성들의 시체는 도처에 산을 이루었고요."

징발되어 바다를 건넌 백마는 장수를 태우고 최일선에서 피비린내를 뿌렸다. 패전을 거듭할수록 그녀와는 더 멀리 떨어져 생사를 가늠할 수 없었다. 백마가 마지막 전투에 참여한 것은 임진왜란이 끝나고 오 년간이나 계속된 명나라와 일본 간의 화의가 결렬된 그 이듬해 소위 정유재란으로 일컫는 순천싸움이었다. 왜군은 임진년과는 달리 경상, 충청, 전라도의 완전 점령을 목표로 북진하였으나, 고령에서 상주목사 정기룡 장군에게 패하고, 직산싸움에서도 패하여 더 이상 북진하지 못하고 남하하여 순천, 울산 등지의 연해안에 진주하였는데, 백마를 탄 아군의 장수는 고니시가 이끈 왜군과 처절하게 맞서 싸웠으나 대패하였다. 백마를 탄 장수는 최후의 순간까지 맞서 싸우다 장렬하게 피를 뿌렸다.

장수를 잃은 백마는 싸움터를 벗어났다. 온몸에 상처를 입은 백마는 선혈을 흘리며 바닷가로 향하였다. 그리고 마침내 멀리 개도가 보이는 항구에 이르렀다. 그곳도 포성과 피비린내가 자욱하였다. 백마는 망설이지 않고 바다에 뛰어들었다.

"그럼 선혈이 낭자한 그 상처 난 몸으로 이곳까지 바다를 헤엄쳐 왔단 말인가요?"

나는 아슴한 거리로 바라보이는 뭍의 항구를 눈으로 찾았다.

"도저히 상상할 수 없는 불가항력의 힘으로 헤엄쳐 온 것입니다."

파도를 헤치고 천신만고 끝에 바다를 건넌 백마는 금방 쓰러질 것 같은 절뚝걸음으로 목마장을 찾아들었다. 그녀는 그때까지 가슴을 앓으며 병석에 누워 있었다. 백마를 떠나보낸 뒤로 시름시름 몸져누운 것이 오늘에 이른 것이다. 뚜렷한 병명도 없었다. 그녀의 아버지는 딸을 위해 온갖 정성을 기울였으나 백약이 무효였다. 사계절 산을 누비며 좋다는 약초는 다 구하여 복용케 하였고, 바다 멀리 뭍에서 이름난 의원이며 무당을 데려와 치료를 하고 살풀이도 하였는데도 회생의 기미가 보이지 않았다. 아무리 진맥을 해봐도 도무지 알 수가 없구랴. 상사병도 아니고, 내 평생 이런 환자는 처음이오. 의원이 도리질한 가운데 이제는 가망이 없다고 체념하기에 이를 즈음 백마가 처절한 모습으로 찾아온 것이다.

오, 네가 살아서 돌아왔구나! 그녀의 아버지는 백마를 얼싸안았다. 얼마나 몽매에도 잊지 못하였으면 전선을 뚫고 선혈을 흘리며 왔을끄나. 눈물이 왈칵 솟구쳤다. 백마도 반가움으로 그리움에 겨운 소리로 울부짖었다. 백마의 울음소리를 들은 그녀는 병상에서 벌떡 일어나 맨발로 마주쳐 나갔다. 이제껏 자리보전을 하던 그녀가 아니던가. 백마야, 백마야! 그녀는 몽유병자처럼 백마의 목을 끌어안은 채 주질러 앉았다. 백마도 애절하게 울부짖으며 그녀의 품에 안기듯 쓰러졌다.

"재회와 함께 그녀와 백마가 숨을 거두었군요."

나는 잠시 처연한 기운을 피부로 느꼈다. 눈앞에 그녀와 백마가 꼭 끌어안은 채 숨을 거두는 모습이 다가왔다.

"슬프고도 애절한 죽음이었지요."

목사님은 묵념을 드렸다. 그녀의 아버지는 딸과 백마의 애절한 죽음을 눈물로 지켜보다가 그녀와 백마를 그대로 그 자리에 묻었다. 그리고 상사나무를 심듯 한 그루 나무를 심었다. 나무는 그녀와 백마의 넋을 기리듯 무럭무럭 자랐다. 여름날은 바람 들이치는 그늘을 만들어주었고, 겨울날에는 떠오르는 아침해를 가리키며 새날을 여미게 하였다. 뭍에서 사람들이 하나 둘 들어와 마을이 형성되면서부터 마을사람들은 그 앞을 그냥 지나치지 않았다. 경건한 마음으로 넋을 기렸으며, 정월

대보름날이면 정성껏 동제를 지냈고, 병든 자, 마음이 허전하고 괴로운 사람은 새벽녘 찬 기운을 마시며 정성으로 치성을 드렸다. 어느덧 마을의 수호신으로 받들어 모신 것이다.

"저도 여기까지 온 것을 감사드려야겠습니다."

나는 다시금 가슴을 여미며 그녀와 백마의 넋을 기렸다.

"가십시다. 그녀가 백마를 타고 노닐었던 곳을 제가 백마 대신 봉고차로 안내해드릴 테니까요."

"생각지도 않은 환대입니다."

나는 자리에서 일어났다. 고사 직전의 마녀목이 새롭게 뿌리내려주기를 기원하였다. 목사님은 바람을 가르며 완만한 고갯길을 넘어 몽돌밭으로 향하였다. 숭어 떼가 노니는 곳이라 하였는데, 깊고 푸른 물이 아우르는 몽돌밭은 절로 감탄사가 나왔다. 차를 정차하기가 무섭게 옷을 벗어 던지고 바닷물에 뛰어들었다. 그 옛날 마녀목에 잠든 그녀도 백마를 타고 목초지를 뛰어놀다가 백마와 함께 이 푸른 바닷물에 뛰어들었을 것이다. 자꾸만 바다 가운데로 헤엄쳐 나가고 싶은데, 목사님과 아내의 염려스러운 눈빛이 뒤통수에 와 닿았다. 나는 그러거나 말거나 철없는 개구쟁이처럼 자맥질을 하며 한동안 동심으로 돌아갔다. 햇볕에 달구어진 몽돌은 발바닥을 뜨겁게 자극하였다. 말발굽소리가 파도에 실려오며 몽돌을 쓸어안았다. 그리고 그때마다 물장구를 치듯 천진난만한 그녀의 웃음소리가 까르르 부서졌다.

"시원하시겠습니다."

"백마를 타고 용궁을 다녀온 기분입니다."

나는 젖은 몸 그대로 옷을 입고 나서 발바닥에 맺히는 몽돌 두어 개를 기념으로 주워 담았다. 목사님은 몽돌밭을 뒤로하고 청석포로 향하였다. 암벽이 푸른빛을 띠고 있는 청석포는 수평선으로 이어지는 망망대해가 하늘빛으로 펼쳐져 사람의 마음을 모조리 비워놓게 하였다. 푸른빛 바위 위에 앉아 개도 막걸리를 들이키며 잠시 세상을 잊어도 좋을 듯하였다.

"강태공도 이곳에 이르면 세상을 놓아버리겠습니다."

"정말 복 받은 곳이지요. 저 산을 천재봉, 또는 화개산이라고도 하는데, 그 오른쪽은 봉화산이지요. 바로 그 두 봉우리 아래 조선시대 전란에 사용하는 말을 키운 목장지가 있지요. 천재봉 정상에는 매년 음력 삼월 삼짓날 천재신에게 제를 올리는 제단과 음식을 만드는 아궁이가 있어요. 그리고 봉화산은 임진왜란 때 봉화를 올리던 봉수대가 있고요."

"천재봉과 봉화산과 더불어 목장지가 마녀목의 넋을 내려다보고 있군요."

산세가 부락을 감싸고 덮어주는 정기가 있다 하여 덮을 개(蓋)자를 써 개도라 이름하였다는 전설을 충분히 느껴볼 수 있었다. 어쩌면 개도 막걸리가 향기로운 것은 일찍이 말을 살찌우게 하였던 산의 정기가 배어난 지하수 아닐까?

"어쩌지요? 두 시에 손님이 오기로 해서 산 정상은 오르지 못하겠습니다. 등산로는 잘 닦여 있습니다만…….”

목사님은 시간을 의식하였다.

“괜찮습니다. 우리도 뭍으로 나가는 도선을 타자면 이만 가봐야겠습니다. 훗날을 기약하고요.”

“그럼, 선착장까지 모셔다 드리지요.”

목사님은 끝까지 친절을 베풀었다. 목사님과 헤어진 나는 기념으로 개도 막걸리 두 통을 사 들었다. 한 시간여의 뱃길 위에서 한잔 술은 여행의 감미로움을 가슴속에 뿌리내리게 할 것이다. 시간이 되자 도선이 다가왔다. 도선은 하마 입처럼 승객과 차량을 집어삼키고 파도를 일으켰다. 땡볕은 더욱 집요하게 살갗을 파고들어 파도를 헤쳐나가며 일으키는 바람이 아니라면 숨이 막힐 듯하였다. 도선이 앞으로 나아감에 따라 개도는 점점 멀어지며 금방이라도 손안에 잡힐 듯하였다. 나는 몇십 년 만에 개도 처가를 찾아왔다는 승객과 마주 앉아 개도 막걸리를 나누었다. 자를 잰 듯 일직선으로 갈라지며 파장을 일으키는 바닷물은 투명하다 못해 서슬 푸른 하늘의 기운을 품 안고 있었다. 두 잔째 술잔을 들이켰다. 그때였다. 저 멀리 봉화산 꼭대기에서 햇살보다 더 눈부신 봉화가 거울의 반사처럼 올랐다. 그리고 그 봉홧불을 향하여 백조의 날개보다 더 하얀 갈기를 세운 백마가 개도를 향하여 헤엄쳐 가고 있었다.

노을에 잠긴 섬

새벽녘, 꿈에서 깨어난 나는 잠시 현실이 아닌가 싶어 치막한 안개 속을 헤매듯 주위를 두릿 살폈다. 너무나 선명한 꿈이었다. 삼 년 전 그가 남극이 바라보이는 최남단에서 조난을 당하여 칠십 고령으로 죽었다는 기사를 신문지상의 한 귀퉁이에서 얻어 들었다. 나는 다시금 혼몽을 떨치고 자리에서 일어났다. 희붐하게 밝아오는 창밖은 언제부터인가 봄을 시샘하듯 춘설이 소리 없이 내리고 있었다. 눈이라고는 겨우내 한두 번 내릴까 말까 한 따뜻한 남녘하늘에 흰나비 떼처럼 창문에 부딪치는 눈송이가 어찌나 신선하게 다가오는지, 창문을 활짝 열고 두 손으로 눈송이를 받았다. 흰나비의 날개보다 더 가볍고 투명한 차가움이 먼 하늘의 전설을 이고서 손바닥 위에 사뿐사뿐 내려앉았다. 새벽녘 꿈이 봄눈을 알리는 꿈이었나? 어릴 적 막내 고모부가 될 거라고 머릿결을 쓸어주던 그의 조용한 미소 어린 목소리가 가슴속에서 울려나왔다. 추운 날씨에 고맙게도 아직도 나를 잊지 않고 찾아주는구나. 그 한마디가 전율처럼 귓전에 맴돌면서, 손바닥 위에 내려앉은 다북한 눈송이가 어느새 그의 웃음꽃으로 번졌다.

"봄눈이 탐스럽죠?"

아내가 곁에 다가서며 정겹게 말하였다.

"잠시 꿈을 머금고 있었어."

"충분히 추억을 일깨우게 해요. 눈 속에 피어나는 매화를 보고 싶어요."

아내는 한쪽 어깨 위에 얼굴을 묻었다. 아내의 체온이, 숨결이, 금세 한 줌 추억에 젖어 있었다.

"나는 꿈속에서 막내 고모부가 될 뻔한 분의 모습을 떠올리고 있었는데……."

"그 많은 사람들 가운데 묻혀 지낼 법도 한 인연이 꿈속까지 이어지다니요. 상당히 깊은 추억이라도 있는 모양이군요."

"막내 고모님의 돌연한 죽음으로 칠십 평생을 방황하였다고나 할까……."

"보기 드문 순애보군요."

"글쎄. 굳이 순애보라고 할 수는 없지만……."

나는 아내의 말을 가볍게 들어 넘겼다. 셋째 외삼촌의 중매로 막내 고모님과 맞선을 보고 우리 집에 온 그는 첫눈에 마도로스다웠다. 나와 눈이 마주치는 순간 그는 나를 아주 따스한 눈길로 쓰다듬어주었고, 나 또한 그의 넓은 가슴과 자유분

방한 행동양식에 매료되었다. 그렇게 단박 어울리게 되었는데, 그는 물이 가득 담긴 어항이라면 나는 그 속에서 유영하는 금붕어였다. 아니, 그는 대양을 누비며 그물을 던지는 마도로스라면 나는 그 그물에 걸린 고기였다. 그만큼 그는 어린 나를 사로잡았고, 우상이었다. 고모부가 된다! 그 한마디는 나의 가슴에 포말을 일으키게 하였다.

"우리, 매화를 보러 가요. 거기서 또 다른 추억을 실타래처럼 감아올릴지 누가 알아요?"

"그럽시다."

응석이나 다름없는 아내의 말에 나는 도리질하지 못하였다. 가장으로서 자상하고 살뜰해서가 아니라 나도 어딘가를 찾아가고 싶었다. 그곳이 고향이든, 매화가 흐드러진 마을이든…….

아내는 조금은 들뜬 마음으로 평소 마음을 주고받는 몇 몇 벗들을 일으켜 세웠다. 우리 둘이 오붓이 즐기는 것도 좋지만 여럿이 따뜻한 마음으로 봄눈 어린 매화를 보는 것이 좋지 않겠느냐는 것이었다. 아내가 저렇게 적극적으로 나서기는 처음이지 싶었다. 간단하게 아침을 들고 집을 나섰다. 여섯 사람이나 되는 일행을 둔해 보이는 갤로퍼는 거뜬히 실었다. 짐짝처럼 맨 뒷좌석에 앉은 두 사람은 가다가 내릴 것이라고 하였는데, 춘설에 도취된 나머지 조금도 불편스러워하지 않았다. 일요일인데도 눈이 내리는 때문인지 고속도로는 시원스럽게 열렸다. 진주를 지나자 우리들의 들뜬 마음은 식어 내리기 시작하였다. 지리산 골짜기를 후벼파듯 휘때리는 매서운 바람은 하늘거리는 눈송이를 메뚜기 떼처럼 몰아왔다. 일기예보를 의식하지 않은 우리들의 낭만을 한껏 움츠러들게 하였다. 뒷좌석에 앉은 일행 두 사람은 남해고속도로 하동인터체인지에서 내렸다. 기도도량으로 이름난 남해 보리암이 그들의 목적지였다.

"매화 구경은 물 건너갔네."

"꿈도 야무졌지. 어디 가서 따뜻한 요기라도 하면서 추위를 풀자구요."

"화개장터 어때요?"

나의 제안에 차는 강 건너 매화마을을 차창으로 바라보며 섬진강을 거슬러 올라갔다. 조금 있으면 가로수로 심어진 벚나무가 설화처럼 하얗고 탐스러운 벚꽃을 토해내리라. 차는 화개장터에 이르렀다. 지리산 자락은 희끗하게 눈이 쌓였고, 눈보라를 몰아가는 골바람은 화개장터의 공지를 비질하였다. 어찌 보면 부산과 이곳과는 지척 간이랄 수 있는데 이렇게도 날씨가 다를 수 있을까. 일행은 쫓기듯 가까운 횟집으로 들어섰다.

"여기까지 왔으니까 청운 선생님을 부르시죠."

자리를 잡자 아내가 나를 돌아보았다. 아내는 매화를 볼 수 없다는데 실망스러움을 감추지 않았다. 청운 선생을 들먹인

것은 괜스레 주위의 벗들을 달뜨게 한 하나의 보상심리 차원에서일 것이었다.

"아, 차밭을 일구신 분……."

나는 아내의 마음을 헤아린 나머지 우 시인의 말을 귓결로 흘려들으며 휴대폰을 꺼냈다. 청운 선생은 마침 집에 있었다. 젊은 시절 아무도 거들떠보지 않는 이곳에 들어와 오직 사명의식 하나만을 안고 차나무를 재배하여 오늘의 화개동천을 일구었다. 한마디로 차(茶)에 미친 나머지 파란만장한 삶을 살아왔는데, 역경을 이겨온 여정만큼이나 넉넉함을 지니고 있었고, 어디를 가나 차 향기가 배어난 덕담을 즐기는, 움직이는 차나무 그 자체였다. 나와는 차 동아리인 묘각다회(妙覺茶會)의 동호인으로 활동하면서 오래전부터 친분을 쌓은 터였다. 일행이 방석 밑에 손을 넣고 아이구, 뜨스워라. 엉덩이를 어지간히 녹일 즈음 청운 선생이 모습을 나타냈다.

"이렇게 날씨가 상그러운데 어인 발걸음인기요?"

그 말 속에는 으레 자신을 찾을 것 같으면 봄이 무르녹을 즈음 찻잎 따는 날 찾아올 것이지, 아직도 겨울을 비질하는 이런 날 찾아올 게 뭐냐는 질책이 묻어났다.

"오랜만에 봄눈이 내려 그 기분으로 매화를 보자고 나섰는데, 이곳은 아직 엄동설한이나 다름없습니다."

"매화가 필려면 아직 더 뜸을 들여야재. 그나저나 반갑구랴. 이 시절에는 찾아주는 사람이 없어 적막강산이라. 어여들 따슨 국물로 추위를 풀어요."

청운 선생의 그 말이 떨어지기가 무섭게 주문한 음식이 들어왔다. 김이 모락이는 재첩국을 마시자 추위로 얼었던 가슴이 봄눈처럼 녹아내리고, 한잔 술을 곁들이며 은어회를 맛보니 세상이 섬진강 물빛으로 파랗게 열렸다. 섬진강 위를 비질하듯 몰아가던 눈발도 어느 사이 그치고 차가운 바람만 강물을 쓸어안았다.

"가만있자, 저쪽 양 선생이라고 하였던가? 자세히 보니 누군가를 너무나 닮았어요."

청운 선생은 술잔 너머로 우스갯소리를 곁들이다 말고 양 선생을 새삼스레 예사 눈으로 보지 않았다. 망각에서 깨어난 듯한 놀란 눈빛이었다.

"단일민족인데 닮지 말란 법은 없지요. 가만히 뜯어보면 다들 비슷비슷하잖아요."

양 선생은 웃음으로 받아넘기면서도 청운 선생의 시선을 멋쩍어하였다.

"아냐. 그 눈빛까지도 닮았어요. 혹시 고향이 이쪽 아니신가?"

"아니에요."

"양 선생, 이모님께서 강 건너 매화마을 근처에 산다고 하지 않았어요? 우리가 매화마을을 처음 찾은 것도 양 선생의 추억 어린 발걸음 아니었어요?"

그동안 말없이 내내 차를 몰아왔던 현 선생이 기억을 상기시켰다.

"그런가? 문득 한 시절의 추억이 새롭게 떠올라서 물어본 게요."

"오늘 같은 날씨와는 무관한가요?"

"날씨 탓도 작용한 게지."

청운 선생은 일행의 눈빛을 의식하며 잠시 지난날을 여미었다.

정월대보름이 지나고 영등할미가 내려올 무렵이면 어김없이 섬진강 나루를 찾아오는 한 무리 보부상들이 있었다. 남해, 광양, 여수, 보성, 구례, 산청, 함양 등지에서 찾아오는 아낙네들로, 그녀들은 미역, 김, 건어물, 생선, 산나물, 약초 따위를 한 보퉁이 이고 와서 화개장날 주먹손으로 팔기도 하고, 마을을 순례하듯 집집마다 돌아다니며 보퉁이를 털었다. 보릿고개로 일컬어지는 춘궁기를 나자면 그렇게라도 발품을 팔아야만 하였다.

그녀들은 한 식구마냥 섬진강 나루에서 나룻배를 부리는 박 사공 집에서 여장을 풀었는데, 보부상을 나가지 않을 때는 보리밭에 나가 자근자근 보리밟기도 하였고, 김도 매주고, 재첩도 잡아주며 일당을 벌기도 하였다. 날이라도 궂을라치면 도리 없이 공치는 날이었는데, 박 사공은 그녀들을 숙식비도

받지 않고 기꺼운 마음으로 숙식을 제공하였다. 그렇다고 마냥 공짜로 재워주고 먹여주는 것은 아니었다. 그 대신 박 사공네 일이라면 설거지에서부터 빨래야, 청소야, 군불때기야, 밭일이야, 심지어는 화개장날마다 강나루를 드나드는 손객들의 술시중까지 거들었다. 그녀들은 박 사공의 그 같은 무언의 강요에 좋다, 싫다 말 한마디 하지 않았다. 오히려 그녀들 쪽에서 기꺼운 마음으로 응하였다.

"자네는 무슨 수완으로 저 여자들의 마음을 사로잡은 거여?"

"수완은 무슨……."

박 사공은 청운 선생이 물을 때마다 애뭇한 웃음으로 얼버무렸다. 그 웃음이 더욱 비밀스러움을 풍겼는데, 화개장날이 돌아오면 그녀들은 다른 사람들보다 먼저 난전에서 돌아와 흔쾌한 기분으로 손객들의 술시중을 들었다. 그럴 때면 강나루가 떠들먹하게 홍청거렸다. 박 사공이 그녀들을 그냥 재워주고 먹여주는 값어치를 충분히 하고도 남았다. 니나노 가락이 흘러나올라치면 그야말로 떴다방이었다. 하나같이 남정네가 없는 서러움과 시름을 동갯바람으로 풀어 던지고자 하는 위태로움마저 엿보였다. 그리고 그보다 더 알쏭달쏭한 것은 박 사공과 그녀들과의 관계였다. 날이라도 궂어 하는 일없이 빈둥거리며 화개장날을 기다리는 날이면 무언가 박 사공과 비릿하고 은밀한 관계랄까, 서로가 울타리 너머로 나비가 넘나들 듯 경계가 없는 듯하였다. 그 같은 얄상궂은 관계는 시시때때로 지나치는 사람들에게 목격되고는 하였는데, 그녀들은 전혀 신경을 쓰지 않았다. 어찌 보면 서로의 외로움을 나누어 가지려는 너무나 자연스러운 공동체의 나눔만 같았다. 박 사공, 그 사람 정력 하나는 끝내줘. 그 같은 입소문은 굴뚝 너머로 번지는 연기처럼 번져나 더욱 의구심을 자아냈다.

그리고 더더욱 이해할 수 없는 것은 박 사공 마누라의 행동거지였다. 박 사공이 그녀들과 차례로 눈이 맞아 돌아간다면 분명 여성 특유의 앙칼진 질투심으로 한바탕 난장판을 치를 것인데 전혀 그렇지가 않았다. 그와는 반대로 그녀들과의 돈독한 유대와 우정 어린 나눔은 끈끈하기만 하였다. 무언가 있을 법한데 알 수가 없단 말이야. 청운 선생 또한 그녀들 가운데 행동거지가 유순하고 품성이 올곧은 화수댁을 은근히 가슴에 품고 있었는지라, 틈만 나면 박 사공과 어울려 한잔 술을 들며 화수댁을 곁눈질하곤 하였다. 같이 술 한잔 들자 해도 다른 아낙네들은 싹싹하게 추임새를 곁들이며 즐거운 마음으로 어울리는데, 화수댁은 사양지심을 내보였다. 어쩌다 마지못해 자리를 함께할 때도 자신을 추스르며 지극히 예의를 지켰다.

"자네, 화수댁을 좋아하재? 내 눈은 못 속인다고. 가만있어봐. 기회 봐서 적당히 자리를 마련해줄 테니께. 안 그래도 강나루를 찾는 장꾼들이 눈독을 들여쌓구마는. 누가 먼저 치마폭을 들추는가 보자고."

박 사공은 청운 선생의 마음을 훤히 꿰뚫어 보며 농익은 소리를 하였다.

"상대가 응해야 말이재."

"화수댁도 싫은 기색은 아닌 것 같던데?"

"당신이 뭘 안다고 순진하고 예의 바른 사람 치마폭에 부채질 할라카요? 화수댁은 다른 사람들과는 품격이 다르니께요."

박 사공 마누라가 매운탕을 들여놓으며 디립다 눈을 흘겼다. 그 눈흘김은 여자의 질투심이나 시샘이 아닌 진실이 배어났다. 박 사공 마누라 말마따나 화수댁은 언제나 그 모습 그 태도였다. 청운 선생도 처음 가졌던 흑심을 점차 증발시켰다. 그보다는 어째서 저리 얌전하고 태깔 고운 여자가 보부상을 나섰을까, 인간적으로 동정하고 안쓰러워하였다. 그리고 그 마음은 궁금증까지 자아냈다. 남편이 없는 것은 분명한데, 아무리 생각해도 찬바람을 이고서 보부상을 나설 사람은 아니었다. 그렇다고 탁 깨놓고 신상을 물어볼 수도 없는 노릇이었다.

어쩌다 술김에 농담 삼아 화수댁은 그 처연한 모습으로 어떻게 보부상을 나왔느냐고 비껴가는 말투로 물을라치면, 그저 잔잔한 웃음을 지을 뿐이었다. 그 얼굴 한 모서리에는 맹그름한 우수 한 조각이 새털구름처럼 떠돌았는데, 만지면 금방이라도 풀잎에 맺힌 이슬방울처럼 소리 없이 떨구어질 것 같아, 무심한 눈길로 보아 넘길 수밖에 없었다. 함께 숙식을 하는 아낙네들에게 화수댁에 대해 물어봐도 과거지사는 잘 모른다는 것이었다. 하기야, 그녀들은 각기 사는 곳이 다른지라 아무리 허물없이 속내를 내보인다 해도 서로를 속속들이 알 수 없을 터였다. 그렇다 치더라도 과부 설움은 과부가 안다고 어느 정도는 알 법도 한데, 화수댁의 내력만은 안개 속에 묻혀 있었다. 서로가 객지에 나와 한솥밥을 먹으며 함께 기식하다 보면 누가 먼저랄 것 없이 자연스레 신세 한탄이 나오고, 살아온 발자국을 내보이기 마련인데, 화수댁은 아무래도 예외인 듯하였다.

"모진네가 비교적 가까운 거리에 살기에 귀동냥으로 알 것도 같은디, 거기도 벽창호나 다름없당께요. 과거지사를 내품하지 않것다는디, 굳이 깐깐스레 캐물을 수도 없구만이라우."

보성에 산다는 아낙네가 가닥 짓듯 말하였다. 청운 선생은 그럴수록 화수댁을 인간적으로 대하였다. 다른 사람들보다 발품을 덜어주기 위해 이집 저집 주문을 받아 보따리를 가볍게 해주었다. 그때마다 화수댁은 예의 바르게 답례를 하였다. 답례라는 게 박 사공과 주고받는 술대접이었는데, 한잔 술일망정 고마움이 젖어 있었다. 그런 두 사람의 관계를 두고 주위 사람들은 야릇한 눈으로 바라보았다. 그리고 급기야는 두 사람이 눈이 맞아 돌아간다는 소문이 떠돌았다. 입맛 쓰거운 소문이었다. 소문의 진원지를 찾아 오해를 잠재우고자 하는데도 알 수가 없었다. 아니 땐 굴뚝에 연기 나겠느냐고, 소문은 더욱 부풀어 사람을 곤혹스럽게 하였다. 청운 선생은 박 사공 집을 찾아가는 것을 되도록 자제하였다. 그런데 청운 선생과는 달리 화수댁은 그 같은 소문을 전혀 귀담아듣지 않았다. 웬 높새바람인가, 목도리를 두툼하게 둘렀다.

"당신, 그 뜨내기 여편네와 정말 바람이 났는기요? 조상 묘지에 코를 박고 이실직고 하시오."

청운 선생은 마누라의 진땀 배인 추달에 변명할 거리가 없어 맨숭한 눈으로 하늘만 쳐다보았다. 마누라는 씨근벌떡 폭풍우처럼 짓쳐가 화수댁의 머리채를 낚아채듯 포악을 부렸는데도 화수댁은 그저 잔잔한 여울마냥 곱다시 당하기만 하였다. 무수한 돌멩이가 일으키는 파장만 호숫가에 부딪쳐 스므러졌다. 지독한 년. 보나 마나 사내 여럿 잡아먹었을 거여. 청운 선생 마누라는 제풀에 주질러앉았다.

어쨌거나, 청운 선생 마누라의 성정 사나운 쏙쏠이 바람이 한 차례 비질한 다음에는 부풀려진 소문들이 가을바람에 낙엽 불려가듯 잦아졌다. 청운 선생으로서는 상처를 입힌 장본인이라는 점에서 미안스러웠다. 그렇다고 똑 부러지게 사과할 사건도 아니었다. 그저 거리를 둘 수밖에 없었다. 그런 어느 날, 화수댁이 조용히 찾아왔다. 그러고 보니 영등할미도 올라가고 바야흐로 봄꽃이 꽃망울을 터뜨리기 시작한 춘삼월이었다. 청운 선생은 동면에서 깨어난 시절이었으나, 보부상 아낙네들은 철새처럼 이곳을 떠나야만 하였다. 올해는 차나무가 동해(凍害)를 입지 않아 차 생산량이 제법일 것이나, 판로가 문제라고 이마에 내천자를 지으며 생각에 젖어 있는데 그녀가 찾아온 것이다. 청운 선생은 화수댁의 조용한 모습을 대하자 물큰 반가움이 일었다.

"떠나시려고요?"

"가야재요. 저 땜새 마음고생을 하시고, 말없이 가기가 무엇해서요."

"저보다 그쪽에서 곤욕을 치렀지요. 한 차례 심기 사나운 일진광풍이었다고 이해하시오. 어디 가서 식사라도 대접해 보내고 싶구만요."

"오늘은 제가 대접할라요. 그래야 마음의 빚도 갚을 것 같고요."

마음의 빚이라? 청운 선생은 그녀의 말을 얼른 헤아리지 못하였다. 두 사람은 주위의 눈치 볼 것 없이 단골집에 들었다. 청운 선생은 술잔을 거듭할수록 오랜만에 따스한 온기를 느꼈다.

"내, 한 가지 물어봐도 되겠소?"

"뭐든지 물으셔요. 오늘은 모든 걸 훌훌 털고 갈 텐께요."

"고맙소. 궁금한 것은, 아무도 화수댁이 어디서 왔는지, 무슨 바람으로 보부상을 나서게 되었는지, 모른다는 것이오."

"제 과거지사를 알고 싶은가베요. 강 건너 매화가 피는 마을 곁에 여동생이 살고 있구만요. 거기다가 딸아이를 맡겨 놓았구만이라우. 한 해가 지나고 이맘때가 되면 딸애를 보러 오요. 그냥 맨손으로 오기는 무엇하여 뭍바람도 쐴 겸 해산물을 가지고 와서 시상 인심을 가슴에 심고 가구만요."

"짐작은 하였소만, 뭍에서 살지 않는단 말이오?"

"외딴 섬에서 살구만이라우."

"아이를 동생에게 맡긴 사정이라면 남편께서는요?"

"그 사연은 묻지 말아주시요."

화수댁은 금방이라도 눈물을 떨굴 것만 같았다. 청운 선생은 난감하여 술잔을 들이켰다.

"아이는 계속 동생 집에 맡겨둘 셈이오?"

"학교도 다녀야 하고, 장래를 생각해서라도 모정의 아픔과 외로움을 감수해야지요."

"저로서는 아직도 풀리지 않는 수수께끼 같소만, 무엇하면 아픔을 묻어버리고 뭍에 나와 딸아이와 사시오. 짧다면 짧은 인생, 외롭고 궁핍한 삶을 스스로 짊어지고 살 필요는 없지 않소."

"그렇기는 하지만, 아직은 제 마음이 허락하지 않아서요. 그리고 딸애의 교육비야, 생활비는 제가 충분히 해결할 수 있어요. 섬에서 나는 해삼, 전복, 미역 등 해산물은 얼마든지 생활을 풍족하게 해줘요. 뭍에 나와봤자 생계가 막연해요."

"듣고 보니 그렇군요. 아무튼, 건강하시고 내년에도 이곳을 찾아주시오."

"고마운 말씀이구만이라우."

화수댁은 자리에서 일어났다. 청운 선생은 박 사공을 대신하여 그녀를 강 건너까지 배로 실어다주었다.

"그 뒤로도 찾아오셨어요?"

우 시인은 달 가장자리를 한 입 깨물고 난, 달을 훔치는 하늘의 개처럼 추억의 가장자리를 자투리로 여미었다.

"그렇게 떠나고 나서 다시는 찾아오지 않았어요. 한두 해 무척 그녀의 소식이 궁금하였으나, 세월과 함께 기억 속에 묻힌 게요. 그런데 오늘 양 선생을 보니 불현듯 잦아진 불씨처럼 떠오르는구려."

"양 선생과 그렇게 닮았다면 친자 확인이라도 해볼까요?"

"자네는 어디서나 농담을 잘하네."

청운 선생은 나의 말을 짓궂게 받아넘겼다. 그러나 정작 양 선생은 말이 없었다. 양 선생뿐만 아니라 모두들 이제 그만 자리에서 일어났으면 하는 분위기였다.

"청운 선생님, 그만 일어나실까요?"

"매화마을도 포기하고, 뭐가 그리 바쁜 겐가?"

"꿩 대신 닭이라고, 화엄사나 다녀올까 하구요."

나는 재빨리 일행의 의중을 짚었다.

"그래? 내려오는 길에 다시 들르게나."

일행은 아쉬워하는 청운 선생을 뒤로하고 구례 쪽으로 차를 몰았다. 예정에 없는 코스였다.

"그러지 말고 이왕 나선 것, 여수나 한번 구경합시다."

느닷없이 양 선생이 차창 너머를 바라보며 제안하였다. 여수? 일행은 갑작스러운 제안에 반문을 달았다.

"오동도와 돌산대교, 그리고 향일암을 돌아봅시다. 여수는 처음이니까."

현 선생은 순천으로 나가는 국도를 가늠하며 양 선생의 말을 거들었다.

"맞네. 나도 오동도는 가보았지만 향일암은 처음이지 싶네."

우 시인도 자다 깨어난 얼굴로 맞장구를 쳤다. 가깝다면 가까운 거리인데 처음이라니 조금은 의외였다. 우 시인만 하더라도 중국, 일본은 물론 유럽 여행을 심심찮게 다니면서 정작 한려수도를 뒷전으로 밀어놓다니. 차는 구례와 순천 간의 잘 닦인 국도를 달렸다. 오가는 차량이 없어 금방 순천을 지나 여수로 향하였다. 나는 문득 처음 여수에 발을 내딛던 날을 떠올렸다. 한 사십 년 됐나? 뒤돌아보니 아득한 세월이었다. 그만큼 세월은 덧없이 흐르는가, 여수를 애써 기억 속에 묻어버린 것은 막내 고모의 죽음 때문이었다. 여수에 사는 셋째 외삼촌의 중매로 마도로스와 혼담이 오고 간 끝에 맞선을 보고 나서 돌아서는 길에 갑작스럽게 심장병으로 쓰러졌다. 황망 중에 병원에 입원시켰는데, 곧 혼담이 성사될 마도로스의 막내 고모에 대한 마음 한 자락이, 보는 이로 하여금 마음 아프게 하였다. 막내 고모도 맞선을 보고 나서 귓불 발그레한 수줍음을 담았고, 마도로스 또한 출항하기 전에 혼례를 치렀으면 좋겠다는 의중을 나타냈다. 막내 고모의 예기치 않은 입원으로 그 같은 소망은 물거품으로 스므러졌다. 충격을 이기지 못한 마도로스는 병상 곁에서 병마에서 일어나기를 간절히 바랐는데, 막내 고모는 끝내 그 간절한 마음을 저버리고 세상을 떠났다. 마도로스는 병상을 뛰쳐나와 그 길로 행방을 감추었고, 막내 고모의 일주기가 지나서야 덥수룩한 모습으로 나타나 말없이 원양어선을 타고 망망대해로 나갔다. 그리고 소식이 없었다. 어느 해인가 셋째 외삼촌께서 지나치는 말로 남미에 주질러앉아 여행으로 세월을 보내고 있다고 그의 소식을 알려주었다. 그리고 삼 년 전 신문지상의 한 귀퉁이에서 그의 사망 소식을 들었다. 아무튼, 나는 그 뒤 너무나 애석한 막내 고모의 죽음을 상기시키는 여수를 한동안 찾지 않았다.

"참, 많이 변하였어요."

양 선생은 지나치는 시가지를 차창으로 바라보며 무심결로 말하였다. 현 선생은 이정표가 지시한 대로 오동도로 향하였다.

"양 선생도 오랜만에 오셨군요."

"어린 날 이모의 손을 잡고 몇 번 와보았어요."

"어린 날이라면 이곳에 무슨 연고라도 있으신가요?"

"제가 태어난 곳이에요."

양 선생은 지그시 눈을 내리뜨며 더는 말문을 열지 않았다.

일행은 오동도를 구경하고 돌산대교 쪽으로 방향을 돌렸다. 오동도는 그 옛날의 정취와는 많이 달라져 관광화가 되어 있었다. 시누대와 후박나무, 동백나무 군락지는 예나 다름없는데, 동백열차, 잔디광장, 음수대 등 관광유치를 위한 위락시설은 시절의 변화를 실감케 하였다.

"유람선을 타고 석양이 물드는 한려바다를 돌아보아야 하는데, 시간이 그런 여유를 주지 않는군요."

일행은 아쉬움을 뒤로하고 돌산대교를 건너뛰었다. 차는 해변을 따라 휘도는 국도를 따라 내처 향일암에 이르렀다. 해돋이 명소로 유명한 향일암 금거북 등 위에서 바라보는 바다는 하늘의 푸른 정기를 수평선 너머로 깔아놓은 듯하였다. 원효성사가 이곳에 앉아 남해의 진인(眞人)을 만나 보았을까? 그 의문부호를 남긴 채 차에 올랐다.

"이번에는 오던 길과는 반대 방향으로 해서 갑시다. 해넘이 해안도로를 따라 가자면 석양낙조가 기가 막힐 거예요."

"양 선생은 이곳과 인연이 깊은가 봐요. 지리를 훤히 꿰뚫고 있어요."

"그래요. 돌산과는 인연이 깊어요. 그때는 대교가 놓이지 않은 외로운 섬이었구요."

양 선생은 가슴에 묵혀두었던 아슴한 기억을 휘저으며 서서히 노을이 물드는 바다를 바라보았다. 서녘 바다는 작금 등대를 지나고부터 저녁노을을 불그레 이고 있었는데, 저 멀리

자라처럼 떠 있는 크고 작은 섬들이 우쭐우쭐 파도를 타고 있었다.

"석양낙조가 정말 장관이군요."

우 시인은 가방에서 노트와 필기도구를 꺼냈다. 금방 시상이 떠오르는가 보았다.

"저는 어려서 이곳 노을을 바라볼 때마다 왠지 모르게 목이 잠겼어요."

"무언가 사연이 간절해서가 아니었을까요?"

나는 아까부터 노을에 함초롬히 맺히는 양 선생의 눈시울을 의식하였다.

"태어난 운명의 무엇이었어요."

양 선생은 눈이슬을 매단 채 우쭐우쭐 파도를 타고 있는 섬 하나를 따 담았다.

화태도. 그곳은 양 선생의 어머니가 태어난 고향이었다. 조금만 바람이 불어도 절해의 고도나 다름없었다. 그랬기에 어려서부터 뭍은 동경의 대상이었고, 사철 바람과 구름이 넘나드는 푸른 파도를 자맥질하며 스스로 인어가 되었다. 그렇게 어린 시절이 꿈결처럼 흘러갔다. 양 선생 어머니의 가정에 불행이 닥친 것은 사춘기에 접어들 무렵이었다. 아버지가 고기잡이배를 타고 나가 풍랑을 만나 돌아오지 않은 것이다. 함께 바다로 나간 남정네들도 바다귀신이 되었고, 졸지에 과부가 되어버린 아낙네들은 언제까지 슬픔에 잠겨 있을 수 없었다.

치마말기에 딸린 자식들을 위해서라도 생계를 꾸려나가야만 하였다. 그녀의 어머니도 예외는 아니었다. 무남독녀인 그녀를 위해 젊은 청춘을 바닷물에 담갔다. 전복이며, 해삼이며, 해초 따위를 건져 올렸다. 그렇게 사오 년을 보냈을까, 낯선 이방인처럼 젊은이 하나가 들어왔다. 고통과 비애를 한 몸에 지닌 모습이었다. 그는 이장의 소개로 그녀의 아랫방에 하숙을 정하였다. 그녀의 어머니는 혼자 힘으로 하숙을 치기에는 벅차다고 정중히 거절하였으나, 아픈 마음을 달래기 위해 잠시 쉬어갈 것이니 부담 갖지 말라는 마을 이장의 설득으로 마지못해 하숙을 들게 하였다. 그는 말수가 없고 예의가 발랐다. 침중한 그늘을 짊어지고서 산등성이에 올라 먼바다를 바라보는 것이 하루의 일과였다. 동트는 아침해를 바라보며 자리를 틀고 앉으면 석양노을이 진 다음에야 지친 듯 들어섰다. 하루종일 산등성이에서 무엇을 하는지 도무지 알 수가 없었다. 하여 점심은 그냥 지나치기 마련이었는데, 아침저녁은 그녀의 어머니가 해주는 대로 불평 한마디 없이 달게 들었다. 그게 고마워 차츰 한 식구처럼 정이 들었고, 자연 그녀의 어머니가 바다에 나가면 그녀가 대신 뒷수발을 들었다. 그녀는 노을처럼 발그레 수줍음을 물들이면서도 마음이 즐거웠다. 어쩔 때는 호기심 어린 마음으로 점심때를 맞추어 정성껏 도시락을 싸 들고 산등성이에 올랐다.

"내가 또 수고를 끼쳤군."

그는 그때마다 입가에 엷은 미소를 드리우며 한마디 말로 감사함을 아끼지 않았다. 그녀는 그 말을 들을 때마다 수줍음이 더하여 홍당무처럼 달아오른 얼굴로 달아나듯 산등성이를 내려오곤 하였다. 그렇게 일 년이 흘렀다. 진달래가 흐드러지던 봄날, 진달래꽃으로 장식한 화환을 그녀의 목에 걸어주고서 그는 모든 시름과 고통을 떨치고서 섬을 떠났다.

"그분과 어머니의 인연은 그렇게 끝났어요?"

"그랬으면 얼마나 좋았겠어요. 비극의 출발이랄까, 운명의 짙은 그늘은 거기서부터 드리우기 시작하였어요."

어쩌면 내가 아주 멀리 떠날지도 몰라. 섬을 떠나기 전 점심을 싸 들고 산등성이를 올랐을 때, 그는 진달래 꽃잎을 입에 따 담으며 무연한 얼굴로 말하였다. 그 눈길은 여전히 바다 멀리 수평선을 바라보고 있었다. 떠나요? 양 선생의 어머니는 그 말을 듣는 순간 청천벽력과도 같은 충격으로 영혼과 육신이 한없이 땅속으로 잦아들었다. 가지 마세요, 가지 마세요. 양 선생의 어머니는 자제력을 잃었다. 어디를 어떻게 헤맸는지 몰랐다. 그리고 밤이 되자 몽유병자처럼 등잔불을 태우는 그의 방문을 두드렸다. 그리고 열에 들뜬 육신과 영혼을 그의 가슴에 내던졌다. 상사가 되어 죽느니 차라리 그 가슴에 안겨 죽고만 싶었다. 그는 말없이 양 선생의 어머니를 어루었다. 그렇게 한밤을 지새우고 그는 떠났다. 양 선생의 어머니는 눈물로 보내며, 떠남은 다시 돌아오는 것이라고 가슴속에 다져 넣었다. 그리고 그 다짐은 하나의 생명의 씨앗으로 움트기 시작하였다.

“양 선생께서 그렇게 태어났군요?”

“그야말로 사생아나 다름없지요.”

양 선생은 우 시인의 반문에 쓸쓸한 표정을 지었다. 그 얼굴에 노을이 미묘한 색상으로 물들었다. 그렇게 태어난 양 선생은 네 살 때까지 어머니의 손에서 자랐다. 어머니의 품에서 떠나게 된 것은 양 선생 외할머니의 마지막 유언이 작용하였다. 양 선생 외할머니는 아직 돌아가실 나이가 아니었는데, 딸이 사생아나 다름없는 양 선생을 낳자 한숨만 지레 내쉬며 바다에 나가 살다시피 하였다. 그리고 그날도 바다에 나가 바위를 더듬다가 발이 미끄러져 그만 자리에 눕더니 그 길로 눈을 감았다. 양 선생 외할머니는 눈을 감으면서, 더 늦기 전에 저 아이 아버지를 찾아주도록 하거라. 네가 지은 죄로 저 아이까지 불행을 안겨주어서는 안 된다. 애원하듯 유언하였다. 양 선생의 어머니는 그 유언을 따르기로 하였다. 소상을 치른 양 선생의 어머니는 딸을 안고 그를 찾아 나섰다. 그런데 이 무슨 운명인가! 원양어선을 타고 바다로 나간 그는 다시는 돌아오지 않았다. 머나먼 이국 땅에 마음의 닻을 내린 것이다. 영영 소식을 알 길 없었다. 사고무친. 양 선생 어머니는 간신히 자신을 추스르고서 기다리기로 하였다. 언젠가는 돌아올 것이라는 일말의 희망을 안고서 딸아이를 곱게 키우기로 하였다. 그리고 양 선생의 장래를 위해 이모의 손에 맡겼다.

"그 뒤로 어머니는 어떻게 되시구요?"

이번에는 아내가 가라앉은 목소리로 물었다. 평소 자신의 사생활에 대해 지극히 말을 아끼던 양 선생이 아니던가. 요즘 세태에서는 도저히 이해할 수가 없었다.

"태어난 섬으로 돌아가 외할머니의 뒤를 이어 바닷물에 육신을 내맡겼어요. 그리고 제가 보고 싶을 때면 해산물을 머리에 이고 이모집을 찾아들었어요. 그게 제 학비와 생활비가 되었구요."

"가만있어요. 그럼 청운 선생님께서 말한 화수댁이 양 선생 어머님 아닌가 모르겠네."

"저는 진즉 알아차렸어요."

양 선생은 우 시인의 진지한 눈길을 노을로 물든 바닷속에 가라앉혔다. 양 선생 어머니가 처음 해산물 보퉁이를 머리에 이고 이모 집을 찾았을 때는 보부상을 하리라고는 생각지도 않았다. 딸아이를 말없이 키워주는 동생이 고맙기만 하여 선물로 가져온 것인데, 이모는 한 가지 아이디어를 냈다. 강 건너 화개장터에 내다 팔면 짭짤한 수입을 올리겠다고. 그와 함께 이모는 언니를 등 떠밀었는데, 양 선생의 어머니는 나룻배로 강나루에 이르러 각지에서 모여든 보부상들을 만난 것이다. 그리고 그녀들과 어울렸다.

"어쩜, 그렇게 우연의 무엇일까요?"

잠자코 핸들을 거머쥔 현 선생이 따북하게 한마디 거들었다. 양 선생은 말없이 노을로 반짝이는 금빛 바다를 바라보며 회한에 젖었다. 모두들 침묵을 드리운 채 해넘이의 황홀한 장관을 가슴에 채색하였다.

"아버지를 한 번도 만나보지 못했어요?"

"아직까지 얼굴을 몰라요."

나의 물음에 양 선생은 담담하게 대답하였다. 차는 금천을 지나 모장을 뒤로하고 평사를 비껴갔다. 평사를 지남과 동시에 석양낙조는 바닷속에 잠겼다. 곧바로 돌산대교가 저만치 다가왔다. 순간, 나는 새벽녘 꿈속에서 보았던 그의 미소가 떠올랐다. 양 선생, 당신의 아버지 되는 분이 나의 막내 고모부가 될 뻔하였는데, 그것을 아시오? 나는 양 선생에게 그렇게 묻고 싶은 충동을 가까스로 잠재웠다.

누룩

때아닌 광풍이 휘몰아쳤다. 바람에 자지러지는 후박나무 가로수가 아프리카 초원에서 맹수에게 쫓기는 타조의 무리처럼 보였다. 퇴화된 날개를 반쯤 벌리고서 내달리는 껑충한 모습. 파도를 일으켜 세운 광풍은 그렇게 후박나무 가로수를 뒤흔들었다. 봄빛이 무르익는다고 생각하였는데, 어느 사이에 여름을 내닫게 하는 광풍은 성급하게 계절을 뛰어넘게 하였다.

"점점 봄이 짧아지는가 봅니다."

"그러게 말이야. 미세먼지나 말끔히 쓸어갔으면 좋겠구만. 이래저래 점점 집 나서기가 고역이야."

한 시간 전, 훈훈한 봄바람이 파도를 일으켜 세울 것 같아 멀리 간절곶에서 보내온 칡막걸리를 들고 형진과 장선포 바닷가에 나갔다. 찰랑거리며 발밑을 때리는 파도소리를 안주삼아 술을 두어 순배 들었을 때, 파도를 일으켜 세우는 바람은 점점 거세어지더니 광풍으로 돌변하였다. 금방이라도 국지성 폭우를 몰아올 기세였다. 도리 없이 쫓기듯 서둘러 바닷가를 벗어났다.

"잠깐만요."

형진은 후박나무 가로수를 벗어난 지점에서 차를 갓길에 세우고 손전화를 받았다. 통화가 길었다.

"누가 사고를 당한 건가?"

"주현이가 이번에는 교통사고를 당했다는데요."

"교통사고라니?"

나는 반문하지 않을 수 없었다. 주현이는 근무지에서 현장 감독을 하다 바위에서 미끄러져 넘어진 후유증으로 두어 달 넘게 병원에 입원했다 나와 다시금 출근한 지 얼마 되지 않았다.

"퇴근하고 내려오다 삼거리 길목에서 포터가 차 앞머리 쪽을 들이받았다나요."

"큰 사고나 아니었으면 좋겠네. 가봐야지."

형진은 내 말이 떨어지기도 전에 방향을 바꾸었다. 주현은 읍내 병원에 입원해 있었다. 광풍은 더욱 사납게 휘몰아쳐 이제 막 새잎이 움 솟는 병원 정원수를 자지러지게 하였다. 주현은 철제 침대 위에서 링거를 꼽은 채 의식을 잃고 있었다. 그 모습을 보니 지지리도 운수 사납구나 싶어 말문이 막혔다. 간호사가 곧 의식이 돌아올 거라고 하였다. 무료하게 의식이 깨어나기를 기다렸다. 간호사가 한 차례 더 점검을 하고 나서야 주현은 의식에서 깨어났다. 그 사이에도 거센 광풍은 병실 유리창을 흔들어 부시었다.

"어찌 된 거야?"

"길을 건너는데 느닷없이 좌측 길에서 포터가 차 앞 옆구리를 들이받잖아요. 순간적으로 정신을 잃었어요."

"그건 뒤따라 퇴근하던 김 계장이 너를 병원에 입원시키고 나서 전화로 말해주었다. 가해자가 칠십 넘은 노인이라던데, 알고 보니 아는 후배의 아버지라더군."

형진의 말에 주현은 아직도 악몽에서 깨어나지 못한 채 쓰거운 얼굴을 하였다. 무엇보다 결리고 아플 것이었다.

"날씨도 짓궂고, 자네에게는 최악의 날이야."

"거센 광풍에 가로수가 부러져나간 꼴이지 뭐예요."

"망가진 차는 사고현장에 그대로 있나?"

"폐차장에 있겠지요. 추스를 만한 물건이라도 있어?"

형진이 말을 받았다.

"약봉지와 작업복, 그리고 등산화가 있을 거야."

"가봅시다. 편히 안정을 취하거라."

나는 주현과 일별하고 형진의 뒤를 따라 병실을 나왔다. 형진은 폐차장을 찾았다. 폐차장은 그리 멀지 않은 곳에 있었다. 형진은 주현의 망가진 차를 금방 알아보았다. 한 뼘만 더 운전대 쪽을 들이받았더라면 주현은 죽은 목숨이나 다를 바 없지 싶었다. 형진은 약봉지를 찾아내고 뒤 트렁크 속에서 작업복과 등산화를 꺼냈다. 등산화는 의외로 새것이었다. 며칠 전, 병원에서 퇴원하고 새로운 마음으로 구입한 것이리라.

"고물차답게 한심지경이네요. 진즉 폐차시켰어야 했는데 오늘까지 몰고 다닌 게 기특하다고나 할까요."

형진은 혀를 차며 돌아섰다. 사람이고 차고 간에 망가지면 볼썽사나웠다. 광풍은 이제 폭우를 쏟아부었다.

미친 광풍이 비구름을 몰아간 뒷날은 언제 그랬느냐는 듯 따사로운 햇살이 파릇한 봄기운을 움 솟게 하였다. 나뭇가지마다 새순이 싱그러웠다. 미세먼지도 말끔히 쓸려가고 눈앞의 전경이 활짝 열렸다.

"날씨도 좋고 산에 오릅시다. 개두릅도 따고요."

"좋고말고."

광풍이 지나가고 사흘째 되는 날, 형진의 제안에 나는 등산복으로 갈아입었다. 형진은 발 빠르게 차를 몰아왔다.

"새참거리가 듬직한데요."

"산에 오르자면 정취도 맛보아야 하고 풍류도 깃들어야지."

나는 웃음을 베어 물었다. 바닷가나 산에 오를 때면 으레 술병을 꿰어차고 집을 나섰다. 형진은 드넓은 들판을 가로 질러 오봉산으로 향하였다. 재작년에 우연찮게 개두릅 군락지를 발견하였는데, 작년 이맘때도 수월찮게 개두릅을 따 와 장아찌도 담고 쌈도 즐겨 먹었다. 차는 산속 깊은 곳에 처녀 가슴으로 자리 잡은 저수지를 휘돌아 올라 목적지에 도착하였다. 새로 들어선 기도원에서 북소리가 마디져 울렸다.

"굿이라도 하는가 봅니다."

"보통 가락이 아니야. 무당집이라도 되는가?"

나는 형진의 말에 뜨막한 표정을 지었다. 분명 봄나들이의 흥겨운 북소리는 아니었다. 들어서는 입구에는 기도원이라고 표시되어 있었다. 두 사람은 차에서 내려 북소리에 떠밀리듯 작년에 익혀두었던 풀숲을 헤치고 산을 올랐다. 돌무지를 타고 오르자니 금세 등허리에 땀이 배어났다.

"개두릅 군락지를 지나쳤나? 보이지가 않네."

"발밑을 보세요. 누가 벌목을 하다시피 했어요."

"이런 젠장. 어느 양식 없는 사람이 이 지경으로 회를 쳐 놓았나."

나도 모르게 울컥 욕지기가 치밀어올랐다. 높은 가지 끝에 매달린 개두릅을 따기 위해 나무 밑둥을 자르다니. 새삼 인간의 몰상식한 이기심과 물욕이 분노를 자아내게 하였다.

"자연을 아끼고 보존할 줄 모르는 한 단면 아니겠어요."

형진도 허탈해하기는 마찬가지였다. 나는 개두릅 따는 것을 포기하고 계곡으로 내려와 거슬러 올라갔다. 저 아래 차를 세워놓은 평지에는 계곡물이 흐르지 않는데, 계곡을 거슬러 올라갈수록 수량이 많아지면서 계곡물 소리가 신선하게 가슴을 울렸다. 방금 가졌던 망가진 기분을 헤풀어 던질 수 있었다. 조금 더 오르자 조그마한 폭포수가 나타났다. 그 옆 바위로 둘러싸인 분지에 토굴이 있었다.

여기도 기도처인가? 나는 폭포수를 한 움큼 받아 마시고 얼굴을 씻은 다음 호기심으로 기웃이 토굴을 들여다보았다. 한쪽 벽면에 산신탱화가 걸려 있었고, 여인이 정성 어리게 기도를 하고 있었다. 신이 들려난 여인네인가? 나는 머리를 갸웃하며 돌아서려다 여인의 모습이 퍽 낯이 익어 다시금 자세히 바라보았다.

이럴 수가! 나는 내 눈을 의심하지 않을 수 없었다. 주현의 부인이었다. 나는 잠시 머뭇하다 모른 체 그냥 돌아서 내려가려다 궁금증이 일어 기도가 끝나기를 기다렸다. 신이라도 들려난 것은 아닐 테고, 주현의 회복을 기원하는가? 아니면 무슨 말 못할 마음의 병근이라도 지니고 있는 걸까? 나는 여러 생각을 떠올리며 폭포수에 발을 담갔다. 물은 차갑다 못해 시렸다. 금방 한기가 등허리를 타고 올라왔다. 얼마의 시간이 흘렀을까, 내 앞에 사람의 그림자가 다가섰다.

"오메야! 여기는 어쩐 일이세요?"

주현의 부인이 먼저 나를 알아보고 우두망찰 놀랐다. 손에는 물주전자를 들고 있었다.

"제가 되레 묻고 싶은데요. 여기서 무슨 기도를 드리시오?"

"어쩔끄나. 아무에게도 소문내지 않기로 했는데……."

주현의 부인은 퍽 난망한 표정을 지었다.

"그만한 사정이 있는가 본데, 군이 말씀 안 하셔도 됩니다."

"크게 책망받을 일은 없고요. 저의 남편 일로요."

"엎친 데 덮친 격으로 이번에는 교통사고를 당했다 해서 형진이와 사고 당일 병원에 갔더랬어요."

"운수 사납게 사고를 연거푸 두 번이나 당하고…… 암만해도 운세가 좋지 않은 것 같아서 백일기도를 드리면 액운이 풀릴까 해서요. 아녀자의 마음은 어쩔 수 없는가 봐요."

"아니지요. 신심 어린 정성은 마음의 평화를 준다고 하지 않던가요. 그렇게라도 액운을 물리칠 수 있다면 그보다 더한 위안처가 어디 있겠어요."

"이해해주셔서 고맙습니다. 이곳은 어떻게 오셨어요?"

"날씨가 좋아 개두릅이나 따자고 형진이와 여기까지 왔는데 어느 마음씨 불량한 사람이 벌목을 해버렸네요. 마음이 심란하여 허정하게 이곳까지 올랐어요. 의외로 경관이 좋군요."

"광풍이 몰아친 전날, 한 무리 사람들이 몰려와 말릴 틈도 없이 개두릅나무를 회 쳐놓았어요. 형진 씨는요?"

"허탈한 가슴을 안고 산을 헤매지 싶습니다."

"잠깐 토굴에 들어가 차라도 한잔 드시지요."

주현의 부인은 주전자에 폭포수 물을 받았다.

"아니오. 정갈한 마음으로 기도를 드리는데 부담을 주어서야 되겠어요. 형진에게는 아무 말 하지 않겠어요."

"저의 남편에게도 비밀로 해주세요. 백일기도가 끝나는 대로 퇴원시키겠어요."

"단단히 마음먹었군요. 수고하시오."

나는 선 자리에서 헤어져 계곡을 내려왔다. 형진은 먼저 내려와 기다리고 있었다. 여전히 허전한 모습이었다.

"어디를 다녀오신 거요?"

"저 위쪽 계곡, 폭포수가 시심(詩心)을 일으키더군."

"그래요? 폭포수가 있던가요?"

형진도 금시초문이라는 표정을 지었다.

"제법 아담한 폭포수였어. 그 계곡물이 어디메쯤에서 땅속으로 잦아들어 저쪽 계곡물과 합류하는가 봐."

"건너 계곡으로 갑시다. 술도 운치 있게 한잔하고, 무슨 굿을 하는가 구경도 하고요."

형진은 술병을 들고 앞장섰다. 기도원을 돌아가자 계곡물이 흐르는 널찍한 암반 위에 거북 형상을 한 큼직한 바위가 금방이라도 계곡으로 걸어 들어갈 것 같았다. 형진은 두꺼비 형상이라고 하였는데, 그 앞에 제물을 차려놓고 북 반주에 맞추어 사설을 풀어놓고 있었다. 구성지고 애절한 가락은 마디마디 심금을 울렸다. 검정 치마 저고리를 입은 두 여인네는 연신 비손이를 하며 절을 올렸고, 젊은 처녀는 두 손을 모두어 합장을 하였다. 형진은 계곡을 건너뛰어 몇 발짝 내려가 계곡물이 참방이는 너럭바위를 찾아 앉았다. 그리고 술안주를 펼치고 나서 두 발을 계곡물에 담갔다.

"발을 담그기에는 물이 차갑더군."

"소득 없이 돌무지 산을 탔더니 열이 납니다."

형진은 술잔을 쭈욱 들이켰다. 술을 두어 잔 마셨을 때 뒤늦게 올라온 차에서 내린 사내가 두 사람을 발견하고 이쪽으로 다가왔다. 함께 차에서 내린 두 여인네는 굿마당으로 들어섰다. 사내는 우리 두 사람을 아는 사람으로 착각한 모양이었다. 우리 곁에 와서 쭈뼛 멋쩍어하였다.

"이리 오시오. 사양 마시고 술 한 잔 나눕시다."

"실례가 되지 않을까요?"

사내는 겸양지심을 내보이며 합석하였다.

"무슨 씻김굿인가요?"

"오늘이 저의 고모님 일주기인데 고모님이 돌아가시고 나서 집안이 번거로워 천도제를 지냅니다. 살아생전 정갈하시고 부지런하셨는데 자식들의 마음이 편치 않는가 봅니다."

"그래서 더욱 불효의 마음이 들었겠지요."

"살아계실 때는 몰라도 죽으면 그 빈자리가 크게 느껴지기 마련입니다."

"그런데 천도제를 주관하는 저분이 이곳 기도원 주인입니까?"

"맞습니다. 저의 이웃에 사는데 무담시 신이 들려난 듯 전국의 산천을 떠돌다 유명짜한 분으로부터 정식으로 무업을 전수받았습니다."

"어쩐지 보통 가락이 아니라고 느꼈습니다."

"잘 보셨습니다. 스승께서 돌아가시면서 수제자로 자신의 전통을 이어가기를 바랐으나 아직 더 마음을 닦아야겠다면서 이곳에 기도원을 지었어요."

"고향에서는 별로 환영받지 못할 텐데요. 인식 자체가 그렇지 않는가요?"

"그렇긴 한데 전혀 괘념치 않아요. 고향의 산천과 쇠락한 마을의 정기부터 되살려야겠다면서 스스로 불쏘시개 노릇을 한다나요."

"그 마음은 어느 정도 알겠는데 시골이 쇠락한 것은 마을마다 젊은이들이 없어 활기를 잃은 게 아니오."

"그렇긴 합니다만, 주위의 산세나 흐르는 계곡물이 예전만 못하지 않습니까. 무언가 병들어 있다는 겁니다. 그게 인간들이 저지른 과보라는 거예요. 그걸 정화시키겠다는 겁니다."

"현실과는 동떨어진 것 같소만, 나름대로 사명의식이 있지 싶습니다."

형진은 사내에게 술잔을 돌렸다. 청아하게 흐르는 계곡물 속에 가락 지어 울리는 북소리가 여울목으로 굴렀다.

"천도제가 끝나면 한 번 만나보시겠어요?"

"그것도 괜찮지 싶소."

그러나 여울목으로 구르는 굿거리장단은 언제 끝날지 몰랐다. 사실 굿거리 소리바탕이라는 게 자세히 새겨듣노라면 마디지고 옹골찬 구석이 없는데도 구구절절한 음색에 따라 사람의 심금을 울리고, 신과 하나가 되었다.

"안 되겠습니다. 다음 기회에 날을 잡아 다시 와야겠어요."

형진이 손전화를 받더니 자리에서 일어났다. 서울에서 손님이 내려온다는 것이었다.

"봄나들이 손님들인가?"

"그러지 싶습니다. 주현이 병문안도 겸해서 내려오는가 봅니다."

형진은 계곡을 건너뛰었다. 자꾸만 북소리 장단으로 이어지는 사설 가락이 뒤따라왔다.

"서원(誓願)을 일으키면 그에 따른 감응이 오겠지?"

나는 뭍잖게 한마디 하였다. 주현의 부인이 말 없는 침묵 속에 간절히 기도하는 모습이 눈앞에 밟혔다.

"오늘날 지성이면 감천이라고, 정성스러운 믿음은 하늘을 움직이지 않겠어요? 저기 봉분도 뚜렷한 묘를 보세요. 아직도 자손들의 발복을 염원하는 풍수사상이 깃들어 있잖아요."

나는 형진의 말을 들으며 어린 시절 당숙모의 정갈한 모습을 잠시 떠올렸다. 당숙모는 매사가 깔끔하고 마음이 웅숭깊었다. 나무랄 데 하나 없는 정숙한 여인이었다. 그런데 한 가지 소원은 자식 하나 점지 받는 것이었다. 그 시절에는 아녀자로서 자식을 낳을 수 없다는 것은 칠거지악에 드는 것이었다. 정숙한 얼굴에 수심이 깃들어 있어 더욱 결 곱게 보이는데 반해 마음이 아릿하였다.

당숙모는 어느 날부터인가 초하루와 보름날이면 앞산 바위굴에서 산신기도를 드리기 시작하였다. 밤새워 꺼질 듯 말 듯한 촛불이 반딧불처럼 밝혀진 가운데 자식 하나 점지해주십사 하고 정성을 모두어 기도를 드렸다. 정말 안쓰럽기도 하다. 어머니는 촛불을 바라보며 마음 아파하였다. 당숙모의 간절한 기원은 사계절을 뛰어넘어 무려 삼 년 동안 계속되었다. 지성이면 감천이라고, 당숙모의 지극한 정성에 산신님도 감응하였는지 소원하던 아들을 보았다. 주현의 부인도 지극한 기도로 가정의 액운을 물리치고 남편의 건강을 되찾았으면 좋으련만.

"시원하게 바닷바람을 만끽할까요?"

형진은 해안도로로 방향을 바꾸었다. 나는 차창을 활짝 열었다. 따사로운 햇살이 파도 위에 구르고, 시원한 바닷바람이 마음을 상쾌하게 하였다.

"바다는 더없이 푸르고 신선한데 왠지 모르게 가난한 선비의 기상만 같아. 매번 그렇게 느끼지 않는가?"

"바다의 깊이를 너무 잘 알기 때문일 걸요. 헤픈 여자의 속살처럼 다가오지 않는 것도 바다의 생동감을 알기에 그럴 것이고……."

"아무튼, 궁기 흐르는 집에서 술 한잔 대접 받기가 그러하듯 바다에 나서면 매번 그런 기분이 든단 말이야. 점점 바다가 메말라가지 않는가."

형진은 대답 대신 음악을 틀었다. 나이가 들어서일까, 음악도 고전적인 음률이 더 정겹게 다가왔다. 나는 무념스레 계곡물에 구르던 굿거리 사설바탕을 종이배처럼 음악 속에 띄웠다. 어딘지 모르게 조화가 안 되는 것 같은데 마음의 바다 위를 떠돌았다. 차는 후박나무 가로수 길을 달렸다.

"저런. 후박나무 가로수 하나가 부러져나갔군."

"광풍에 그랬나 봐요. 뿌리째 뽑혀나가지 않아 그나마 다행 아니에요."

"주현의 모습만 같아."

"천재(天災)와 인재(人災)는 엄연히 차이가 나는데 그렇게 비치네요."

나는 형진의 말을 들으며 문득 광풍이 불어치는 날, 바람에 흔들리던 후박나무 가로수가 아프리카 초원을 달리던 타조의 무리처럼 보였던 생각을 곱씹었다. 어째서 맹수에게 쫓기는 타조의 형상으로 보였을까.

대문 밖에서 차 소리가 들리고, 개가 사납게 짖어댔다. 나는 책을 보다 말고 자리에서 일어났다. 언제부터인가, 개가 짖는 높낮이에 따라 나를 찾아오는 방문객과 이웃집에 오는 손님과 지나치는 차량과 사람들을 식별하였다. 차에서 내리는 사람은 뜻밖에도 주현이었다. 병실에서 환자복을 입었을 때와는 사뭇 다른 모습이었다.

"어서 오게나. 퇴원한 거야?"

"퇴원하고 곧바로 옵니다."

"그럼, 백날이 된 건가?"

나는 주현의 부인 백일기도를 떠올렸다.

"어떻게 그렇게 잘 아세요? 명도가 따로 없네요."

"나이가 들면 그렇게 된다네. 차는 새로 뽑은 거야?"

"아닙니다. 동생이 타던 차예요. 출근도 해야겠고 해서 차가 필요하다 했더니 우선 새 차를 장만할 동안 타고 다니랍니다."

"몸은 완전히 정상이고?"

"거푸 두 번 사고를 당하였는데 후유증이 없겠어요. 일주일에 한두 번 물리치료를 받아야지요. 타세요. 형진이 기다리고 있습니다."

"퇴원을 축하해야겠지. 감옥에서 출옥한 사람은 두부를 먹인다는데, 병원에서 퇴원한 사람은 무얼 먹어야 하나?"

"시원한 막걸리 한잔이 제일로 고픕니다."

"향수를 마시고 싶다?"

나는 파릇하게 웃어넘기며 차에 올랐다. 꽤나 오래된 차였다. 형진은 역전 앞 '90년 전통 역사(驛舍)를 지켜내자. 무인화(無人化)를 철회하라.' 바람에 펄럭이는 현수막 아래에 서 있었다.

"기적적으로 생환해 왔으니까 이왕이면 멀리 나가자고."

형진이 차로 갈아탄 세 사람은 한마음으로 좁은 울안을 벗어나기로 하였다. 차는 군(郡)의 경계를 벗어났다.

"가만. 저기 술도가 앞에 차를 세우라고. 막걸리라도 한 말 받아 가야지."

나는 대서를 지나치다가 술도가를 발견하였다. 몇 년 전, 집을 지을 때 몇 번 술을 조달해 마신 기억을 생각하였다. 형진은 차를 세웠다. 주인을 찾자 두릿한 얼굴로 내다보았다. 몇 년 사이에 몰라보게 쇠잔한 모습이었다.

"몇 년 전, 집을 지을 때 막걸리를 길어다 마셨는데 모르시겠소?"

"글쎄올시다. 여러 손님들을 대해놔서……."

주인은 여전히 뜨막한 표정을 지었다.

"하긴, 나도 영 낯설게 다가왔소. 잘 익은 술 좀 주시오."

"이태 전에 문을 닫았소."

난감한 빛이 눈가에 어리었다.

"잘나가던 술도가를 그만두다니요?"

나 또한 낭패감을 맛보았다. 잘 숙성된 이 집 술맛이야말로 감칠맛이 우러났다. 그래서 먼 길을 마다하지 않고 술을 길러 왔었다.

"사연이 많소만, 무엇보다 나이 들어 혼자 하자니 힘이 들어서요. 어디다 쓰실려고요?"

"이 친구가 방금 병원에서 퇴원했는데 막걸리 한잔을 시원스레 마시고 싶다는군요."

나는 주현을 돌아보았다. 주현과 형진도 인사를 하였다.

"저희들도 이곳 기동이 친구라서 어르신을 알고 있는데요."

"그래? 반갑구만. 그러면 이웃들과 마시려고 한 달에 두어 번 빚은 술이 몇 병 있는데 그거라도 드려야겠네."

"찾아오는 친구분들은 어쩌시고요?"

"일부러 찾아오셨는데 빈손으로 보낼 수야 없지."

술도가 주인은 인심 후하게 술병을 들고 나왔다. 한사코 술값을 받으려고 하지 않았다.

"그럼, 우리와 동행합시다. 바람도 쐬고요."

"괜찮을랑가 모르겠네."

술도가 주인은 굳이 싫다는 기색을 내비치지 않았다. 이미 낯을 익힌 사람들과의 동행에 대한 기대치와 흥분이 묻어났다. 차는 국도를 타고 내달렸다.

"그런데 어쩌자고 그 곱던 모습이 그렇게 변하였소?"

나는 다소 짓궂게 물었다. 마음을 열어놓지 않으면 쉽사리 다가설 수 없는 말이었다.

"마누라 병 수발을 8년 동안 하다 보니 나이와 함께 진이 다 빠졌소."

"마음고생이 많았겠소."

"말로 다 표현할 수 없지요. 잘 살아보자고 부부의 인연으로 만나 아들딸 낳고 살았는데 인생이 너무나 허무해요."

술도가 주인은 금방 목소리가 젖었다. 사람이 살다 보면 크고 작은 예기치 않은 일이 일어나기 마련이지만 사랑하는 사람을 병마로 먼저 보낸다는 것은 가슴 아픈 일이리라.

"아직도 마음이 허전하겠습니다."

"이부자락이 차가워. 기동이 친구라니까 말을 내리겠네만, 자네는 어쩌다 병원 신세를 졌는가?"

술도가 주인은 주현을 돌아보았다. 마음이 간다는 눈빛이었다.

"운수 사납게도 연거푸 두 번 사고를 당했습니다. 한 번은 현장감독을 하다 바위에서 미끄러져 낙상을 하였고, 퇴원하고 며칠 지나지 않아 교통사고를 당했고요."

"그것 참. 마음대로 할 수 없는 게 세상사야. 오늘 화끈하게 씻김굿을 해야겠네"

"그러자면 바닷가가 좋겠지요? 어판장에서 생선회라도 사 가지고 시원하게 마음 열리는 모래밭으로 갑시다."

형진이 추임새를 놓으며 녹동항을 들어섰다. 주말이 아닌데도 차량으로 번잡하였다. 가까스로 어판장 근처에 차를 주차시켰다. 어판장은 이제 갓 잡아온 종류도 다양한 어패류들을 경매하고 있었다. 완전히 딴 세상 사람들의 은어와 눈짓이 오고 가는 가운데 경매가 이루어졌다. 나는 한동안 그 속에 묻혀 시간을 잊었다. 살아 숨 쉬는 생명들을 잡아 올려 값을 매기고, 팔려나가는 저 상매행위를 어떻게 받아들여야 할까. 약육강식. 인간은 철저하고 가혹하리만큼 그 같은 자연의 법칙을 즐긴다. 매일 식탁 위에 고기 한 점, 생선 한 마리가 올려진다. 살생의 부조리를 잘근 깨물어야 하는데도 비릿한 생선들이 먹음직스럽게 다가서는 것은 분명 이율배반이 아닐까? 나는 흠칫 시간을 일깨우며 일행을 찾았다. 마음이 여러 갈래로 뒤엉켰다. 약육강식의 생존법칙이라…….

일행은 한쪽 판매장에서 생선회를 뜨고 있었다. 방금 경매에서 팔려나간 생선이 여기에 와서 최후를 맞는구나. 사람의 입맛에 따라 최후를 마치는 생선들. 생선 비늘이 마치 바람에 떨어지는 벚꽃 꽃잎처럼 처연해 보였다. 약육강식의 생존법칙에 의해 희생된 영혼의 살점들이 인간의 뱃속에서 산화되어 다시금 태어나기를 기원할 수밖에. 그렇다면 인간의 뱃속은 천국일까, 지옥일까?

일행은 생선회를 싸 들고 어판장을 벗어났다. 차는 소록도를 지나 거금대교를 벗어났다. 바다를 가로지른 대교는 시원하고 웅장하였다. 형진은 망설임 없이 익금해수욕장을 들어섰다. 한적하게 널려 있는 백사장이 정감 어리게 하였다. 포근하고 정겨운 고향 바닷가 모래밭으로 다가섰다. 일행은 나무그늘을 찾아 자리를 정하였다. 한옆에는 가족단위의 피서객들이 왁자하게 모여 있었다. 형진은 술잔을 돌렸다. 갑자기 저쪽에서 생일 축하 노래를 합창하였다. 노부부를 가운데 두고 아들딸 내외와 똘망똘망한 손자들이 손뼉을 치며 생일을 축하하였다. 번잡한 음식점이나 비좁은 공간보다 얼마나 열린 마음인

가. 폭죽이 터지고, 모래밭을 아우르는 한 무더기 파도가 화답하였다.

"참, 보기 좋은 광경이네."

"그러게요. 언제부터인가 우리네 의식 속에 배어든 서양식 생일 노래가 주위의 풍경과는 다소 어울리지 않습니다만……."

"형진이 자네 말도 귀감 어리게 다가오는구만."

술도가 주인은 부인을 잃고 홀로 서 있는 자신을 조감하는 듯하였다. 나이가 들수록 부부가 함께한다는 것은 더없는 행복이리라.

"자, 우리도 주현의 퇴원을 축하합시다."

나의 제안에 술잔을 부딪쳤다. 노부부의 생일 축하와 주현의 퇴원을 축하하는 자리와 분위기는 다를지 몰라도 건강을 위한 염원은 같을 것이다.

"이제 자네는 누룩의 생리로 다시 태어나야 하네. 누룩으로 빚어진 이 술이 얼마나 많은 사람들을 위하는가. 내 말 알겠는가?"

술도가 주인이 주현에게 술잔을 건네며 자못 의미심장하게 말하였다. 누룩이라? 병원에 입원해 있었던 기간은 누룩을 띄우듯 뜸을 들인 시간이었다? 그렇다면 주현의 부인 백일기도도 발효를 위한 기원이었을까? 아무리 술도가 주인이라고 누룩과 병원에서 다시 회생한 주현과의 연관성을 내비치는 게

기발한 생각이었다.

"두 번의 사고를 당하기 전에는 온전한 육신을 지니고 있었다면 지금은 그렇지가 못하지. 새롭게 태어나야 하네."

"그렇다고 누룩과 연관 지어요?"

형진은 익살스러운 표정을 지었다. 그와는 달리 주현은 다소 진지한 그늘을 짊어졌다.

"누룩이 어떻게 만들어지는가? 온전한 밀, 쌀, 녹두, 보리를 분쇄하여 만들지 않는가. 그리고 곡류에 누룩곰팡이를 번식시켜 새롭게 거듭나지 않는가. 거기에 무한한 생명력이 재생되는 거네."

"그러니까, 주현더러 스스로 누룩처럼 새롭게 거듭나라, 그 말인가요?"

"말하자면 그렇지. 대개 육신이 망가지면 자신을 잃기 쉽네. 예전으로 돌아가고 싶지만 육신이 전만 못하지. 좌절할 수밖에 더 있겠는가. 그럴 때 자신을 스스로 분쇄하여 새롭게 태어나야 하지 않겠는가. 이 술 향기처럼."

"그 말도 일리가 있어요. 어려서 할머니께서 밀기울이라든가, 모서리 지고 부서진 쌀겨나 보리 낱알을 모아 누룩을 만들었어요. 양식으로 할 수 없는 것을 누룩으로 만들어 술을 빚어낼 때마다 신기한 생각이 들었어요."

"바로 그거요. 누룩 예찬론자는 아니지만 술을 숙성시킬 때마다 그런 생각을 가졌소. 그리고 마누라를 잃고 나서 한쪽 가슴이 텅 빌 때마다 누룩의 생리를 빈 가슴에 채워 넣었어요."

"그럼 저는 막누룩에 해당될까요? 흩임누룩에 가까울까요?"

주현도 술기운에 젖어 익살맞은 표정을 지었다.

"자네는 낱알 흩임누룩보다는 꾹꾹 밟아서 발효시킨 막누룩이 걸맞지 싶네. 어느 용도로 쓰느냐에 따라 분별심이 일어나겠지만."

"느닷없이 누룩 생존법이 나오고, 가히 기념비적인 날이오."

"바닷바람이 우리 모두를 새롭게 일깨우지 않습니까."

누가 먼저랄 것 없이 술잔을 높이 들었다. 술잔을 거듭할수록 술 향기가 바다 멀리 파도에 실려 나갔다.

고향집

1

버스가 고향길로 접어들었다. 이곳이 어디라냐? 최 할머니는 읍내 역에서 내려 군내버스를 갈아탔을 때만 해도 고향의 변화를 전혀 실감하지 못하였다. 그도 그럴 것이, 십 년 만에 고향을 찾은 것이다. 각박하고 비좁은 도시의 공간 속에서 아들 며느리의 사정을 외면할 수 없어 손자들 뒤치다꺼리를 하다 보니 그렇게 흘렀다. 이제야 그 모든 속박에서 벗어나 자유를 누릴 터였다.

아들 며느리는 지난번에도 늘그막에 아무도 없는 고향에 내려가 어떻게 지낼 거냐고 만류하였으나, 최 할머니는 그게 아니었다. 아직은 망령이 들지 않았기에 고향 바닷가에서 조용히 살고 싶었다. 딸들까지도 노인네 혼자 바다 가운데 떠 있는 섬에서 며칠이나 배겨내겠느냐는 얼굴이었다. 느그들은 모른다.

도시생활이라는 게 숨 가쁘게 내달리는 전동열차나 다름없어 거기에 매달리고 부대끼며 살기에는 젊은 느그들이나 알맞을까, 나이 든 나로서는 지탱할 힘이 없다. 그저 눈앞이 팽팽 돌아가는 세상 아니냐. 그리고 혼탁하기 이를 데 없는 매연이며 분진이라니. 그걸 들이마시고 사는 것도 고역이니라. 고향의 청정 바닷바람을 생각하면 한달음에 내달려가고 싶었다.

최 할머니는 막내손자 초등학교 입학식 날 아들 며느리 몰래 아파트 경비원에게 열쇠를 맡겨두고 고향으로의 탈출을 감행하였다. 경비원에게 입학식에서 돌아온 아들 며느리가 물으면 고향에 내려간다더라고 부탁 말을 잊지 않았다.

최 할머니는 오밀조밀 아름다운 산천경계를 쉬엄쉬엄 구경도 할 겸 완행열차를 탔다. 완행열차는 더디기만 하였다. 가다 멈추고, 가다 멈추고, 그것도 부족하다 싶으면 뒤늦게 출발한 급행열차를 비켜준답시고 하릴없이 지체하였다. 그러나 최 할머니는 태평한 마음이었다. 한없이 펼쳐진 들판을 바라보노라면 마음이 넉넉함으로 차올랐고, 산을 끼고 돌아갈 때면 별천지인가 싶었다. 도시의 각박한 울안에서 놓여난 해방감을 온전히 누렸다. 지루하다 싶으면 옆 사람과 이야기를 나누었다. 역마다 오르고 내리는 사람들은 대부분 시골 노인네들이어서 금방 말문을 텄다. 어디까지 가느냐, 어디를 다녀오느냐, 저절로 정감이 갔다. 허름하게 격의 없이 주고받는 대화에서 시골 장맛을 맛본 듯하였다. 그러다가 주위가 허전하면 좌석을 온통 차지하고서 덜커덩거리는 열차의 진동소리를 자장가 삼아 설핏 잠이 들기도 하였다.

그렇게 유유자적 완행열차로 내려와 고향 가는 버스로 갈아탔다. 군내버스가 읍내를 벗어나자 도로가 시원하게 일직선으로 쭉 뚫려 있었다. 고향 가는 길이 이렇게도 변했다냐? 최 할머니는 녹동항에 도착하자마자 다시 한번 놀랐다. 고층아파트가 들어서고, 신항구가 조성되어 번잡하였다. 소록도와 연륙교가 놓여 완전히 관광지가 되었는가 하면, 멀리 거금도까지 연륙교가 잇대어 햇살에 눈이 부셨다. 옛날에는 목포에서 여수, 부산까지 왕래하는 여객선이 거쳐 간 곳이지만 소박하고 조그마한 포구나 다름없었다. 수산물 위판장도 몰라보게 달라졌다. 시상에나! 최 할머니는 선창가에 나앉아 저 멀리 꽃섬을 바라보며 눈을 휘둥그렇게 떴다. 낚시꾼들이야, 관광객들이야, 들고나는 크고 작은 어선들이야, 분명 십 년 전의 조그맣고 옹골찬 포구는 아니었다.

그나저나 어떻게 바다를 건너갈끄나? 최 할머니는 잠시 번잡하게 다가오는 전경에 넋을 놓고 있다가 한 가닥 걱정스러운 음영을 떠올렸다. 하마 입처럼 차와 사람을 집어삼키는 연안여객선 뱃머리에 나가 꽃섬을 가느냐니까 안 간다는 것이었다. 십 년 전에도 꽃섬은 연안연락선이 닿지 않았다. 거금도로 향하는 연안연락선이 거들떠보지도 않고 비껴 달아나듯 지나쳤다. 옛날이나 지금이나 찬밥 신세려니. 최 할머니는 두

릿한 걸음으로 기억을 더듬어 거금댁 큰아들이 운영하고 있는 떡방앗간을 찾아들었다. 지금도 그 자리에 변함없이 있는가 모르겠으나, 그네들이라면 꽃섬으로 가는 뱃길을 열어주지 싶었다.

"워메, 아짐 아니요?"

거금댁 며느리가 먼저 알아보고 반겼다. 손에 떡가루가 묻어 있었는데, 전보다 몸피가 늘었다.

"자네들은 여전하구랴. 녹동이 하두 변해서 자네들도 용비늘을 달았는가 했네."

최 할머니는 무엇보다 마음이 놓였다. 이들마저 다른 곳으로 옮겨갔다면 낭패였을 것이다.

"아무리 변해도 우리들은 여전하지라우. 몇 년 만에 오시는 게라우?"

"십 년 넘었네. 시어마씨는 어디 계시는가?"

"우리 엄니요? 어떻게나 고집이 센지, 부득부득 그 불편한 꽃섬에서 지내겠다면서 혼자 그곳에서 지내요. 어쩔 때는 우리들이 불효만 같아 보기에 민망할 때가 있소."

"얼마나 좋은 곳인가. 난 또 그 사이 무슨 변괴나 있었는가 염려하였네."

"우리 어무니사 고생한 만큼 건강은 타고났지라우. 고향은 뭔 일로 내려오셨소?"

"영감 산소도 보고 싶고, 고향 생각이 나서 내려왔네. 이참에 못 내려오면 죽어 눈 감고 내려올 듯 싶어서였네."

"그건 그러지라우. 연세가 들면 아무래도 움직이기가 힘드니께요."

"그나저나 건너갈 배편은 없겠는가?"

"꽃섬에 하루 네 번씩 정기적으로 다니는 연락선이 있기는 한디, 지금은 시간이 넘어버렸소. 애 아부지라도 있으면 금방 모셔다 드릴 것인디, 볼일이 있어 순천에 나갔어라우."

"다른 사람은 없겠는가?"

"가만있으시오. 선 주사가 방금 보이던디."

"선 주사라니?"

"아짐 옆집, 옆집 선 영감 아들 말이요. 꽃섬 발전소에 근무하요. 사람이 착실하고 매사 열심이어서 마을 일도 감당하고 신망이 두텁소."

거금댁 며느리는 손전화를 하였다. 통화가 제법 길었다. 그 사이 젊은 새댁이 떡을 주문하러 왔다.

"뭐라 하는가?"

"볼일 좀 보고 곧바로 온다 하요. 쪼깐 앉아 기다리면 올 것이요."

거금댁 며느리는 손님으로부터 주문을 받았다. 조금 기다리자 검싯하고 훤칠한 젊은이가 나타났다. 최 할머니에게 공손히 인사를 하였다.

"니가 선 영감 아들이냐? 몰라보겄다."

"저는 금방 알아보겠는데요. 내려오시느라 고생하셨겠어요. 가십시다."

선 주사는 최 할머니 가방을 들고 방앗간을 나섰다. 후미진 선창가, 북대기는 배들 사이에 비루먹은 망아지처럼 간들거리며 작은 배가 매달려 있었다. 최 할머니는 선 주사의 부축을 받으며 배에 올랐다. 두 사람이 탔는데도 질겁을 하였다.

"자네는 용케 고향에 눌러 지내네."

"꽃섬 지킴이로 나앉았습니다."

"고마운 일이네. 더구나 꽃섬을 환히 밝히는 발전소에 근무한다면서? 고향을 밝혀주는 등대지기 아닌가."

"그런 사명의식으로 근무하고 있습니다."

"부모님도 함께 모시고?"

"아버님은 그 사이 돌아가셨고, 어머님 혼자 집에 계셔요. 저는 아이들 교육 때문에 녹동을 왕래하고요."

선 주사는 해맑게 웃으며 항구를 벗어났다. 물보라를 일으키며 배가 앞으로 나아갔다. 옛날에는 눈앞에 보이는 곳인데도 노를 저어 나아가자면 힘이 들었다. 점점 가까이 다가오는 꽃섬은 호수에 떠 있는 꽃만 같았다. 북으로는 녹동항이 병풍처럼 둘러쳐져 있고, 서로는 소록도와 금산에서 떨어져 나간 자잘한 무인도들이 싸안고 있으며, 동으로는 오마도와 풍향리가 이마를 마주하고, 남으로는 거금도가 오롯이 자리하고 있어, 거금도의 적대봉과 용두봉이 내려다보고 있다.

백여 년 전, 최 할머니 선조가 맨 처음 꽃섬에 들어와 살았다. 오륙십 년 전에는 김 생산으로 인구가 늘어 풍요로움을 누렸다. 삼십 년 전만 하더라도 한겨울 김이 나면 지나가는 개도 배추 이파리를 물고 다녔지러. 최 할머니는 새삼 과거로 돌아가며 깊고 푸른 청정한 바다를 한 입 손으로 떠서 음미하였다. 짭쪼름한 소금기가 씹히면서 신선하고 비릿한 향수가 저릿하게 등줄기를 타고 내렸다. 그 사이 배는 선창머리에 이마를 짓찧었다.

"어따, 날쌔게도 온다."

최 할머니는 허리를 펴며 종주먹으로 엉덩짝을 두드렸다. 쉬엄쉬엄 내려왔는데도 먼 길을 왔는지라 삭신이 자지러지듯 녹작지근하였다. 고향에 왔다는 안도감이 더욱 피로감을 묻어냈다.

"짐은 제가 들어다 드리겠습니다. 집을 오래 비워두어서 혼자 힘으로 청소하자면 버거울 겁니다. 오늘은 제가 당직이어서 짬을 낼 수 없고, 내일 오전 일찍 도와드리겠습니다."

"말이라도 고맙네."

최 할머니는 선 주사의 뒤를 따랐다. 선 주사는 시간이 바쁜지 성큼성큼 한달음에 올라가더니 대문을 열고 최 할머니 가방을 마루에 내려놓기가 무섭게 발전소로 향하였다. 녹슨 철대문 여닫는 소리가 내달려왔다.

2

마을은 조용하였다. 바람소리만 고샅길을 술래 하였다. 주위를 둘러보니 조막조막한 옹챙이밭마다 누군가 가꾸어 놓았다. 그 전경을 바라보자니 조금은 훈기가 돌았다. 송가네는 벌써 뭍으로 나갔는데 누가 채전밭을 가꾸지? 아들이나 딸이 주말이면 배를 타고 건너와 주말농장처럼 가꾸는 걸까? 저기, 옹챙이밭은 김가네 것이고, 이쪽 홍가네 터전은 유자농사를 지었구랴. 최 할머니는 대문을 들어섰다. 허리께까지 차오르는 풀들이 눈앞을 가로막았다. 묵혀지고 버려진 집. 십 년 세월을 다시 한 번 잘근 깨물었다. 풀섶을 헤치고 마루에 나앉았다. 마루는 켜켜로 먼지가 내려앉아 눈더미처럼 쌓였다. 그 위에 제비똥, 쥐똥이 널려 있었다. 올해도 어김없이 강남의 제비가 찾아와 처마 밑에 집을 짓고 부지런히 먹이를 물어 날랐다. 제비새끼들이 어미가 먹이를 물어올 때마다 서로 먼저 차지하려고 노란 부리를 쩍쩍 벌렸다. 그 모습이 정겨웠다. 마당의 풀은 어떻게 제거하며, 마룻바닥에 쌓인 먼지는 어느 손이 훔칠려나. 아니다. 눈처럼 게으른 게 없고 손처럼 부지런한 것도 없을래라.

최 할머니는 자물쇠로 굳건히 잠긴 방문을 열었다. 곰팡내가 훅 지펴 나왔다. 밖은 초여름 열기로 후끈한데 방은 냉기류가 돌았다. 방 안도 거미줄과 먼지가 내려앉아 있었다. 내려다보는 바닷물은 예나 지금이나 변함없는데, 사람이 살지 않은 빈집은 삭아졌구나. 최 할머니는 옷을 갈아입고 대충 마루와 방을 청소한 다음 아궁이에 불을 지폈다.

"누가 부삭에 불을 때는고?"

마당을 질러오는 거금댁의 목소리였다. 거금댁의 목소리는 여전하였다.

"날세. 그동안 잘 있었는가?"

최 할머니는 반가움으로 맞았다. 해풍과 햇볕에 검게 그을린 거금댁은 이마에 주름살이 늘었으나 여전히 꼬장한 모습이었다.

"하이구메, 귀신 된 줄 알았던마는 살아왔네."

두 사람은 얼싸안듯 두 손을 마주 잡았다.

"살아 있으니 얼굴을 보지 않는가. 자네는 쭉 고향 지킴이를 했는가?"

"나도 한 이 년 뭍에 사는 딸 손주를 봐주었네. 헌디, 영 체질에 맞지 않데. 딸 사위가 한사코 붙잡는 것을 느그 자식, 느그 알아서 하라고 모질게 돌아서 왔네. 갯벌 둘러쓰고 산 사람은 어쨌거나 여기가 제일이여."

"누가 아닌가. 나도 골망골망 생각을 깨씹다가 십 년을 넘기고 보니 죽음이 눈앞에 다가서면서 그게 아니드란 말시. 이제라도 고향 귀신이 되자고 내려왔네."

"그럼, 아예 눌러살 작정하고 내려왔단 말이제?"

"이렇게 번듯한 내 집을 놔두고 비좁아터진 도시의 성냥갑 같은 답답한 공간 속에서 뭐 할라고 살 것인가. 이제라도 뒤늦게 철이 든 것이네."

"어따, 잘되얏네. 그렇잖아도 말동무가 없어 당최 심심하고 외로웠는디, 살맛이 한껏 나게 생겼네."

두 사람은 나란히 토방마루에 앉아 바다를 내려다보았다.

"소록도와 거금도는 연륙교가 놓여 교통이 편리하것네."

"인자, 육지가 된 것이제."

"꽃섬은 가망이 없을게?"

"주먹만 한 섬에 뭐 볼 것 있다고 다리를 놓것는가."

"어쩌면 이게 더 좋을지도 모르겠네. 숫처녀 가슴맨치러 예전 모습을 그대로 지니고 있어서."

"그도 맞는 말이시. 그리고 다리를 놨다 하면 육지 것들 쓰레기 하치장이 될지도 모를 게고. 그나저나 마당의 풀은 언제다 제거할 것인가? 자네가 올 줄 알았으면 나라도 쉬엄쉬엄 매놓을 것을."

"쉬엄쉬엄 놀아가면서 매제. 굳이 할 일이 있겠는가. 채전밭이야, 묵혀진 밭도 세월없이 가꿀라네."

"태평성대가 따로 없겠네, 그랴. 저녁은 우리 집에서 나하고 들세. 양식이며, 반찬새도 없을 테고……."

"그리함세. 풀이나 좀 매고 감세."

"곧 낙조가 바닷물을 붉게 물들일 것인디 무슨 부지런인가. 오느라 피곤이 쌓였을 것인디. 아궁이 불이나 단속하고 우리 집으로 가세. 우선 노독부터 풀어야 하지 않겠는가."

거금댁의 말에 이끌려 최 할머니는 대문을 나섰다. 거금댁은 최 할머니 집 바로 위쪽에 자리 잡고 있었다. 거금댁 집에서 내려다보니 최 할머니 집 굴뚝 연기가 거금댁 집 위로 흩어졌다.

"어따, 집이 명경지수네."

최 할머니는 정갈하고 깔끔하게 집을 거천한 전경에 놀랐다. 옛날 한참 김 생산으로 부산을 떨 때는 어지럽기 그지없었다.

"할 일이 따로 있어야제. 집이라도 깨끗이 해놓고 살아야 안 쓰것는가."

딴은 맞는 말이었다. 나이도 나이려니와 김 생산이야, 그물질이야, 한 시절 성시를 이루었다가 스므러진 생업이었다. 겨우 갯벌에 나가 바지락이나 캐며 소일할 터였다. 더욱 놀란 것은 방 안 등물이었다. 텔레비전, 냉장고를 비롯하여 가전제품 일체가 구비되어 있었다. 옛날에는 섬에서 운영하는 자가발전이 불을 밝혔으나, 밤 아홉 시면 나가고, 그나마 잦은 고장으로 가전제품을 마음 놓고 들여놓을 수 없었다. 방바닥도 전열판을 깔아놓아 매운 연기를 눈 따갑게 들이마시며 아궁이에 불을 지필 필요가 없었다. 문화생활을 단단히 누리고 살았다.

"말이 섬 생활이지, 누릴 것 다 누리고 사는구만."

"늘그막에 이런 호강이라도 누려야제. 자네도 아들딸들에게 말해서 방바닥부터 전열판을 깔아. 나무해 때기도 버거웁지만, 방구들이 시원찮으면 사람이 저절로 궁색해지네."

"그래야겠네. 이왕이면 마음 편히 살아야제. 우리가 살면 얼마나 더 살 것이며, 돌이켜보면 지나온 세월 얼마나 고생했는가."

"소싯적부터 고생이사 말하여 무엇 하겠는가. 이놈의 섬 생활, 바다만 바라보아도 지긋지긋하기만 하여 신물이 올라오네만, 뭍에 나가 살아본께로 또 그것이 아니드란 말시. 자네가 나보다 더 많이 도시물을 묵었응께 그 심정 더 잘 알 것이여."

"암만. 밑 닦이 도시 실정을 아니께 이곳이 더 그리웠는지 모르겠네."

그랬다. 최 할머니도 영감 돌아가시고, 아들딸들이 이제 고생 그만하고 도시에 나와 살자고 하였을 때는 이놈의 섬 다시는 보지 않을 요량으로 섬을 등졌는데, 한 해 두 해 세월이 흐르자 그게 아니었다. 문득문득 갯물 둘러쓴 지난 일들이 눈앞에 밟히면서 고향으로 달려가고 싶었다. 이게 바로 향수병인가 보구나, 혼자 속으로 허심증을 누지르며 험상하게 고생한 삶의 고초를 떠들리면서 도리질하였다. 그런데 도리질할수록 비좁아터진 도시의 공간이 숨을 막히게 하였다.

"전열판이야, 가전제품을 들여놓을라거든 선 주사에게 맡기게. 전기제품에 관한 것은 믿고 맡기네. 어련히 알아서 해 줄 것이여.”

“그 배로 건너왔네. 어렸을 때도 신실했잖은가.”

“그런 젊은이가 없네. 노인들만 사는지라 크고 작은 일을 부탁할라치면 자기 집 일처럼 해주네.”

거금댁은 채전밭에 나가 풋거리를 뜯어 와 겉절이를 하고, 바지락국을 끓였다. 오랜만에 맡아보는 고향의 냄새였다. 그 사이 해는 바다와 맞닿아 진한 노을빛을 온통 바다에 뿌렸다. 서산낙조. 어느 노을빛이 저렇듯 아름답고 황홀할 수 있을까. 예전에는 바쁘고 고달픈 일상에 묻히어 저 아름다움을 무념스레 보아 넘겼다. 매일같이 반복되는 석양노을에 신경이 무디어 소홀히 대하였다. 노을빛은 토방마루를 넘어오는가 싶더니 최 할머니의 얼굴을 붉게 물들였다. 비로소 고향의 품에 안긴 것을 실감하였다.

“뭘 그리 넋을 놓고 있는가?”

거금댁은 저녁상을 내려놓았다. 살뜰한 저녁상이었다.

“놀빛이 너무나 황홀하고 정겹네.”

“그려. 젊었을 적에는 놀빛이 애간장을 녹이지 않더니만 나이가 들수록 한가한 품새가 되는가, 시시때때로 애간장을 녹이네.”

“자네 딸은 저 놀빛에 수줍게 물든 나머지 옆집 문가네 아들과 죽자고 연애를 안 했는가?”

"어따, 저놈의 놀빛 때문에 그랬을라든가. 남녀는 자주 부딪치면 부싯돌맨치러 불꽃이 일기 마련이네."

"인자는 사위가 안 밉제?"

최 할머니는 웃음이 저절로 입가에 맺혔다. 어떻게 이웃지간에 사돈을 맺을 수 있느냐고 딸년 머리를 꺾네, 드난살이로 난리를 쳤는데도 두 사람은 야반도주하듯 뭍으로 나가 동거를 하였다. 두 자녀를 낳고 비로소 가만스레 혼례를 올렸다.

"말도 말게. 사람의 마음이란 간사한 것인가. 그 애들이 제일로 효자 노릇을 하네. 뭐든지 부족하다 싶으면 영락 없이 채워주네. 그런디 어찌 밉다고 하겠는가."

"그렇게 야반도주하여 고생깨나 한 보람이 있어 잘산다고 들었네."

"근께. 자식도 돈 있고 여유가 있어야 자식 도리를 제대로 하는 시상 아닌가. 어여, 저녁 들세."

거금댁은 저녁을 권하며 텔레비전을 켰다. 화면이 선명하였다.

3

최 할머니는 다음 날 아침까지 거금댁에게 신세를 졌다. 곰팡내 나는 집에서 신산한 기분으로 잠잘 게 아니라 함께 지새우자는 거금댁의 말에 따끈한 아랫목에 잠시 몸을 묻었는데, 먼 길을 온 피로에 못 이겨 깊이 모르게 잠이 들었다. 신선한 아침을 대하니 몸피가 가벼웠다. 거금댁의 말처럼 선 주사는 전열판과 필요한 가전제품을 말하자 군말 없이 그리하겠노라고 대답하였다. 최 할머니는 연장창고에서 녹슨 낫과 호미를 찾아 들고 마당에 우거진 풀부터 제거하였다. 한참 땀 흘리고 있는데, 선 주사가 인부 한 사람을 데리고 전열판을 깔기 시작하였다.

"냉장고와 전기밥솥과 가스레인지는 내일 가져오기로 하였어요. 텔레비전도 필요하시죠?"

"혼자 뭔 낙이 있다고 그걸 빼먹어?"

최 할머니는 일부러 장난기를 발동한다고 비죽 웃음을 흘렸다.

"마당 풀을 제거하기가 쉽지 않을 겁니다. 저희들이 시간 나는 대로 해드릴게요. 섬이나 한 바퀴 돌아보십시오. 얼마나 변했는지."

"고맙게도, 그럴끄나?"

최 할머니는 허리를 폈다. 아닌 게 아니라 만만찮았다. 최 할머니는 대문을 나섰다. 지침지침 가파른 고샅길을 내려갔다. 저만큼 썰물이 나가고 있었다. 선창머리에는 누군가 이제 막 바다에서 돌아와 배를 매달고 있었다. 선창머리에서 우측으로 돌아나가는 해변길을 접어들었다. 바로 눈앞에 분교가 나타났다.

김 생산으로 성시를 이룰 때 인구 또한 기하급수로 불어나 아이들 교육문제가 심각하게 대두되었다. 대부분 통통배로 뭍에까지 실어 나르며 등하교를 시켰는데, 통통배 하나로는 그 많은 아이들을 아침저녁 번차례로 통학을 시킬 수 없었다. 더구나 조금만 파도가 거세어도 통학은 불가능하였다. 그 위에 일손이 딸리면 코흘리개 아이들도 일을 거들어야 하기 때문에 결석이 잦았다. 사정이 그렇다 보니 중론 끝에 자체적으로 분교를 짓기로 하였다. 교육청에서도 사정을 인지하고 동의하였다. 그러니까 순전히 섬사람들의 분담금으로 분교를 지은 것이다. 그때는 김 생산의 호황으로 충분한 여력이 있었다. 그렇게 분교가 세워졌고, 아이들은 불편 없이 공부를 하였다.

최 할머니는 분교 앞에 발길을 멈추었다. 폐허처럼 버려진 분교. 김 생산의 호황기가 썰물처럼 잦아지자 하나둘 섬을 버리고 뭍으로 나갔다. 철새처럼 미련 없이 살길을 찾아 가솔들을 거느리고 삶의 둥지를 떠난 것이다. 하긴, 본토박이로 뿌리를 내리고 누대로 살아온 사람들은 몇 되지 않았다. 김 생산의 호황기를 타고 너도나도 몰려온 사람들이어서 떠날 때도 한 점 아쉬움이라든가 미련 따위는 없었다. 최 할머니는 굳게 닫힌 교문을 살며시 밀었다. 돌쩌귀 빠져나간 대문짝처럼 열렸다. 아이들이 뛰놀았던 운동장도 최 할머니 마당처럼 풀섶으로 어우러져 한 발 내딛기가 난망하였다.

최 할머니는 가만한 걸음으로 풀섶을 헤치고 들어갔다. 두 칸 교실 유리창은 오랜 침묵을 지키고 있었고, 한쪽에 위치한 사택은 담쟁이 넝쿨로 뒤덮여 흉물스러웠다. 유리창으로 들여다보이는 교실은 떠나간 아이들의 동심이 그대로 박제되어 있었다. 벽면에 소꿉장난을 하듯 천진난만한 그림과 붓글씨가 걸려 있었고, 가지런히 놓인 책상서랍에는 아직도 장난기 어린 낙서종이가 말없이 헤살거리고 있었다. 덧없네라. 최 할머니는 한숨을 내쉬었다. 최 할머니 막내딸도 여기서 어린 시절을 보냈다. 돌아서다 말고 분교와 붙어 있는 김가네 집을 부서진 담장 너머로 넘겨다보았다. 김가네 집도 폐허처럼 웅크리고 있었다. 거금댁 말로는 김가네 아들이 일 년에 한두 번 다녀간다고 하였는데, 사람의 훈김이 닿지 않는 빈집은 어쩔 수 없는가 보았다.

김가네의 담장은 아직도 키 높이로 여전하였다. 아이들 떠드는 소리에도 민감한 반응을 나타냈고, 어쩌다 축구공이라도 넘어가면 고래고래 소리를 지르며 야단을 쳤다. 동심의 세계를 귀염성 있게 보아 넘기면 될 걸 신경질적이고 괴팍하였다. 그래서 담장을 처마 위까지 둘러쳤는데, 거기에는 또 다른 내력이 있었다.

김 생산이 성시를 이룰 때, 산지사방에서 일꾼들이 몰려들었고, 생산업자들이 한탕주의로 겨울 한 철 진을 쳤다. 그 위에 김발 채종지로 널리 알려진 터여서 숙소를 구하지 못한 사람들은 배에서, 모래밭에서 천막을 치고 몇 날을 지새웠다. 김가네 집은 채종지와 이식지로 나가는 길가여서 오며 가며 집 안을 넘겨다볼 수 있었다. 더구나 과년한 딸이 제법 예뻤는지라 총각들의 눈길이 쏠렸다.

타지에서 온 뜨내기나 다를 바 없는 총각들은 물론 마을 총각들까지 호시탐탐 눈독을 들였다. 김가네는 딸을 염려한 나머지 담장을 처마 위까지 쌓아올렸다. 그러나 마을 큰 샘에 물을 길러 갈 때나, 건장에 김을 널 때나, 바지락이나 굴을 따러 나갈 때면 총각들은 그 기회를 놓치지 않았다.

"니가 뭇 총각들의 시선을 붙들고 다니고, 그러다 장차 니 신세가 어찌 되는지 알기나 혀?"

김가네는 딸년 이상으로 신경과민에 걸려 시시때때로 딸년을 다잡았다. 딸의 품행이 어긋지거나 얌전치 못해서가 아니었다. 말수 적고 행실 차분하고 얌전하여 나무랄 데 없는데도 노심초사 뭇 총각들의 시선을 이겨낼 수 있을까, 염려스러웠던 것이다. 그런 딸년이 감쪽같이 썰물이 지면 아장걸음으로 왕래하는 윗섬 총각과 연애를 하였다. 죽일 년, 살릴 년, 머리채를 휘어잡고 한바탕 난리를 친 끝에 우거지상을 지으며 결혼을 시켰다.

최 할머니는 김가네 집을 뒤로하고 하늘따지를 돌아들었다. 후박나무와 잡목림들이 우거진 해안가는 산책로가 놓여 있었다. 최 할머니는 산책로 난간에 기대어 앉았다. 갯벌이 훤히 드러나 시야가 확 트였다. 저 아래 갯벌에서는 아낙네 몇이 낙지를 잡고 있었고, 모래밭에는 최 할머니 연배들이 구부정한 허리를 가누면서 바지락을 캐고 있었다. 이곳에서 나는 바지락은 살이 토실하고 신선하여 시장에 가지고 나가면 시세가 좋았다. 하여 심심찮게 노인네들의 수입원으로 자리매김하였다.

하늘따지. 썰물 때면 윗섬과 왕래할 수 있는 물목으로, 썰물 때면 하늘을 볼 수 있는 땅이라는 점에서 불리게 되었는지, 잘은 모르겠으나 그냥 그렇게 불렀다. 이곳이야말로 김 채종지로 유명하였다. 추석 무렵 찬바람이 포말을 일으키면 김 종자를 받기 위해 꽃섬 사람들뿐만 아니라 타지에서 집채만큼 김발을 싣고 험한 바닷길을 노 저어 왔다. 멀리로는 금일, 조약도, 고금도를 비롯하여 인근에서 김 종자를 받아 가기 위해 추석 무렵이면 장사진을 이루었다. 지형이 안온하고 물길이 순조로워 물만 묻혀 가도 김 종자를 잘 받아 간다고 하였다. 그때는 정말 성시였다. 웃돈을 얹어주며 서로들 좋은 자리를 차지하려고 신경을 곤두세웠다. 때로는 멱살잡이도 마다하지 않았는데, 일 년의 생계가 씨종자를 잘 받고 못 받고에 따라 명암이 엇갈린 터라 한 치의 양보도 없었다.

어싸, 어싸, 썰물진 모래바닥 위에서 채종발을 막는 모습은 저절로 살맛 나게 하였다. 타지에서 온 사람들은 본전을 뽑겠다는 계산속으로 너댓 대를 겹치고 포개어 씨종자를 받아 가기도 하였다. 그때는 마을 처녀들은 아예 금줄을 치듯 바깥 출입을 금하였다. 타지 총각들의 눈에 밟힐까 봐 미리 단속을 하였다. 그런데도 윗섬 이가네와 허가네 딸들은 타지 총각들과 눈이 맞아 시집을 갔다. 이가네는 부모 쪽에서 사윗감이 탐이 나서 딸을 출가시켰다. 하여간 매년 연례행사처럼 추석 무렵이면 떠들썩하게 한차례 홍역을 치르듯 김 종자를 받으면 그 때부터 본격적으로 김철로 접어들었다.

최 할머니는 김 채종 시기가 지나고 다소 한가하다 싶을 때, 하늘따지를 가로질러 가는 꽃가마를 떠올렸다. 학교 옆 김가네 딸이 탄 꽃가마였다. 가네, 가네, 시집가네. 윗섬으로 시집가네. 산책로 모래밭에서 공놀이를 하던 아이들의 노랫소리를 들으며 김가네 딸은 꽃가마를 타고 시집을 갔는데, 그녀가 윗섬 아랫섬 혼삿길을 최초로 터놓은 셈이었다. 그 길은 바지락을 비롯하여 굴, 고동 따위가 사철 발에 밟혀 식단을 풍요롭게 하였다.

4

최 할머니는 신간지로 눈을 돌렸다. 동쪽을 바라보는 신간지는 김이 가장 잘되는 물목으로, 최상품 김이 나는 곳이었다. 물목이 좋은 곳인지라 가가호호 제비를 뽑아 구역을 나누어 김발을 막았다. 소위 갑지를 뽑은 사람은 남들의 시샘과 부러움을 받으며 질 좋은 김을 생산하였다. 매년 구역을 뽑는 날이면 희비가 엇갈린 가운데 그해의 풍작을 가늠하였다. 바로 그 옆 세따지는 개인들이 개척한 김발지로, 물살이 세고, 바람의 영향도 만만찮아 힘이 들었으나, 질 좋은 상등품을 생산할 수 있었다. 그만큼 장말이야, 경제적 노력의 대가가 따랐다.

김발은 늦여름부터 추스르는 고된 역경이었다. 장정들은 그늘진 곳에서 비지땀을 흘리며 하루 종일 김발을 엮었다. 보름이고 한 달을 김발 치는 데 소진하였는데, 한자리에 서서 시계추처럼 왔다 갔다 하며 김발을 치노라면 장딴지가 부어오르고, 어깨허리가 내려앉을 것 같아 몇 날을 몸살로 앓았다. 아녀자들은 김을 건조시킬 발장을 짰는데, 그나마 낭만이 있었다. 낮이면 그늘을 찾아 도리도리 모여 앉아 새살을 까며 피로를 잊었고, 밤이면 끼리끼리 둘러앉아 밤 깊은 줄 모르고 발장을 쳤다. 돌아가면서 군것질이나 밤 새참을 가져와 시간을 잊었고, 온갖 세상사가 그녀들 치맛자락에 감돌았다. 발장 엮는 노정은 김 생산 때까지 다듬이 방망이질처럼 한밤을 울렸다. 특히 처녀들끼리의 자리는 단연 풍성하였다. 총각들이 찾아와 농익은 이야기로 분위기를 돋우었고, 더러는 눈길이 맞아 은밀하게 연애질도 하였다. 그렇게 만난 처녀 총각들이 한둘이 아니었다.

채종시기가 끝나고 이식기가 되면 모두가 바다에 나가 김발을 막았다. 서로서로 품앗이로 김발을 막는 과정은 고단한 노역이었다. 더구나 신간지나 세따지는 물 깊고 물살이 드세어 장정 두셋이 장말을 맞잡고 칸사리마다 꽂는 작업은 중노동이었다. 썰물을 이용하여 김발을 이쪽저쪽 팽팽하게 잡아당겨 맨 다음 서둘러 칸사리마다 장말을 꽂고 수심도를 조절하였다. 아, 이 사람아. 김발이 거꾸로 물구나무를 서지 않는가. 힘은 어디다 쓰고 그 모양이여? 저, 저, 비실거리는 꼬락서니 보소. 암만해도 간밤에 마누라 배를 너무 질펀하게 탄 게 아니여? 쏙솔이 바람이라도 불어쳐 물살을 거스르면 김발이 공중제비를 하기 십상인데. 그걸 바로잡으려 들면 여간 힘든 게 아니었다.

그때는 마을 청장년들은 말할 것도 없고, 산지사방에서 품팔러 온 일꾼들과 친인척들이 도우미로 김발을 막았다. 탱글탱글 김발 이식이 끝나면 건장을 막고, 쉬엄쉬엄 바다에 나가 수심도도 조절하고 파래 따위의 잡태도 가려내고 떳대도 채웠다. 채종지에서 파리똥만큼 묻혀 온 씨종자는 하루가 다르게 자라나 치렁한 머리카락처럼 검게 윤기가 나면서 마을사람들의 가슴을 부풀게 하였다. 언 손을 호호 불어가면서 치렁한 김을 한 움큼씩 뜯어 담는 희열. 햇김을 손에 쥐었을 때의 그 기쁨은 지금까지의 모든 인고와 노고를 잠재웠다. 썰물로 드러난 갯벌 위에 늘어선 김발. 북풍한설이 몰아칠 때마다 김발은 우우 울고, 고드름처럼 치렁하게 매달린 김은 써그럭 얼음이 살을 에이듯 하였다. 그런데도 조금도 추운 줄 몰랐다. 자르르 윤기가 흐르는 노다지. 정말이지, 검은 노다지였다.

최 할머니는 자리에서 일어났다. 공놀이를 하는 아이들의 환호성을 환청으로 들으며 모래밭 산책로를 벗어났다. 최 할머니는 바위등성이를 타고 넘었다. 바위굴이 눈에 들어왔다. 오랜 세월 들이치는 파도에 의해 만들어진 바위굴로, 한겨울 갯벌에 나갔다가 추위에 쫓겨 들어와 모닥불을 피우고 조개, 장어 따위를 구워 먹었다. 여름날이면 젊은이들이 발가벗은 채 피서를 나와 낙지나 해삼, 전복, 키조개를 잡아 찔금찔금 소주잔을 돌림으로 나누며 더위를 잊기도 하였다.

휘움하게 돌아가자 간이 선착장이 흉물스럽게 드러났다. 지난 시절 김철 때면 채취선들이 이곳에 정박하였다. 김발과 거리가 가까울뿐더러 바로 산비탈에 세워진 건조장이 계단식으로 늘어서 있어 김을 뜨고 건조시키기에는 그만큼 시간이 절약되었다. 그런데 이제는 망가지고 무너져 그 옛날의 온기를 찾아볼 수 없었다. 흔적뿐인 선착장. 세월이 더 흐르면 누가 지난 시절을 상기하겠는가.

최 할머니는 건조장이 늘어서 있던 산비탈을 올려다보았다. 이제는 소나무, 동백나무, 잡목들이 우거져 흔적을 말끔히 지워버렸다. 세월이 흐르면 아무리 견고한 성채도 무너지고 버림을 받지 않는가. 누가 김 생산지로 주가를 드높였던 곳이라 하겠는가. 그러자 갑자기 목이 말랐다. 발길을 옮겨 큰 샘을 찾았다. 섬 전체를 적시고도 남은 큰 샘. 지금도 섬 전체의 식수원으로 사용하고 있었다.

큰 샘은 물맛이 좋고 수량이 많아 누구나 이 작은 섬에 양질의 물이 샘솟는 데에 놀랐다. 아무리 가물어도 마르는 법 없이 언제나 한결같았다. 그래서 매년 동제를 지낼 때면 이 물을 용왕님께 차려 올렸다. 김철 때면 마을사람 모두가 이 물로 김을 헹구고 떴으며, 아녀자들은 가파른 산비탈을 타고 넘으며 물동이로 물을 길어 날랐다. 그만, 그만, 당글게질을 혀. 다음 사람이 기다리고 있지 않는가. 신새벽부터 내달려와 김을 헹구자고 차례를 기다리는 사람들은 마음들이 급하였다. 그려, 그려. 알았응께 보채지 말드라고. 갱물을 깨끗이 빨아사 윤기가 자르르 나들 않것다고. 티격태격 입씨름도 입에 달면서 신새벽 공기를 들치근하게 녹였다.

겨울이 가고 봄이 돌아오면 빨래터가 되었다. 아낙네들은 겨울철 고달픈 김 생산으로 미루어 두었던 빨랫감을 바리바리 가져와 몇 날이고 빨래를 하였다. 김 생산이 끝난 건조장에는 종류도 다양한 빨래들이 만국기처럼 펄럭였다. 큰 샘 빨래터는 다양한 이야기들이 만들어지기도 하였고, 겨우내 숨죽이고 있던 이야기들이 떠돌기도 하였다. 자네는 뼈 빠지게 실컷 김 농사 지어놓고 웬 한숨인가? 말 말게. 또 빚 얻어 쓰게 생겼네. 잘난 서방님이 또 녹동 건너가서 엣시오 해버렸구만. 그놈의 놀음손은 어떻게도 잘라 버릴 수 없어이? 그 가운데 단연 호기심을 자아낸 것은 잿불처럼 은밀하게 타오르던 연애사였다.

“아, 고것들이 초승달이 질 무렵 으슥한 건장 그늘진 곳에서 뽀시락 소리를 내더란 말시.”

“누구네 건장 말이여?”

“아따, 시침 뚝 따기는. 넌짓 한마디 하면 금방 말귀를 알아 들어야제.”

“으응, 거, 뭐시냐. 알았응께 얼른 바늘귀를 꿰드라고.”

“살째기 고양이 걸음으로 다가가 귀를 갖다 대본께 하이구메, 잡것들이 언제 그렇게들 방아 찧는 법은 알았는지, 내가 그냥 아랫도리가 질척한 기분이어서 후줄근 자리를 떴네, 그랴.”

“자네는 언제 그 절구질 맛을 알고 시집을 갔는가? 자네, 기분은 충분히 알고도 남것네. 무담시 휭허니 자리를 떴겠는가. 보나 마나 허겁지게 서방님 사추리를 붙들고 늘어졌것제.”

“씨근벌떡, 그 방아야말로 천상천하 유아독존이여. 오만 삭신을 녹작지근하게 풀어헤쳐 엄동설한 추위도, 피로도, 근심걱정, 불만까지 죄다 휩쓸어가지 않는가.”

“어따, 잡것들하고는. 그래서 자네는 줄줄이 딸만 내질렀는가?”

“음마, 이번에는 삼신할미헌티 아들씨알을 똑 뿌러지게 받았는디.”

“허면, 건장 응달진 곳에서 입 맞추고 배 맞춘 그 애들은 누구랑가?"

"그거사, 쫌만 기다려보면 알 것이네. 거금도 용두봉맨치러 아랫배가 솟아오를 텐께."

그랬다. 봄이 지나고 여름이 돌아와 아이들이 해수욕을 하고 큰 샘물로 바닷물에 절은 몸뚱이를 헹구고, 초저녁이면 아녀자들이 더위에 등 떠밀려 가만가만 큰 샘가에 나와 등물을 축일라치면 그 무리에서 벗어난 처녀들이 하나둘 눈에 띄었다. 그리고 가을바람이 서늘하게 가슴을 어루며 낙엽을 붉게 물들이고 감나무가지 끝에 매달린 감이 붉은 빛을 담을 때, 무더운 여름날 무던히도 아랫배를 감추고 가슴 저몄을 비밀스러움이 알밤처럼 비어져 나왔다. 이년아, 언놈이냐? 어느 불한당 씨알이냐 말이다. 번개와 천둥이 치듯 날벼락이 떨어지고, 차마 죽지 못한 처녀의 입에서 장본인의 실명이 새어나오기 전에 건넛집 총각이 득달같이 내달아, 범인은 접니다요. 지가 아내로 맞이할랑께 전전사정은 눈감아 주시요이. 넙죽 절하였다.

아이고야, 한마을 사돈백이라니, 이 무슨 사단이라냐? 어쩌다 이런 낯붉힘을 당했다냐. 이년아, 그래 사내놈이 어디가 없어 오종종한 동네출가냐. 부끄럽고 창피해서 더는 못 보것다. 땅을 치고 가슴을 쳤다. 아, 어쩔 것이여. 아랫배에 꽃섬이 들었는디. 그렇다고 바닷물에 수장을 시킬 것이여, 즈려밟아 풍선맨치러 터뜨릴 것이여? 우리가 뚝 떠나 살든지 해야제. 가장

네가 한마디 거들라치면, 당신은 맘씨도 육지백판이요. 어쩔 끄나. 두고두고 이 수치스러움을. 그러면서도 결국 동네 혼사를 치렀다.

홍가네와 이가네의 경우는 부모의 반대가 유별났다. 홍가네가 가난하고 형제도 많아 딸을 고생시킬 수 없다고 하였다. 두 사람은 부모의 반대가 극심할수록 사랑이 깊어져 꿋꿋하게 사랑을 일구었다. 심지어는 풍선처럼 터뜨릴 심산으로 딸의 배 위에 올라가 작신작신 밟으며 같이 죽자고 하였는가 하면, 바닷물에 뛰어들자고 기갈을 부리기도 하였다. 견디다 못한 두 사람은 밤을 이용하여 몰래 섬을 탈출하였다.

그렇게 부모의 반대가 심한 결혼이었지만 다들 뭍에 나가 잘 살고 있었다. 시련이 큰 만큼 사랑의 결실도 굳건하고 아름다운가 보았다. 황가네는 언니 집에 김 생산을 도우러 온 처녀를 아내로 맞아들였는데, 김철 때 일손이 딸리면 뭍에서 일을 도와주기 위해 친인척들이 건너왔다. 그 가운데 예쁘장한 처녀라도 들어오면 마을 총각들뿐만 아니라 타지에서 들어온 일꾼들도 군침을 삼키며 서로 차지하려고 은근히 불꽃을 일으켰다. 황가네 아들도 이웃하고 있는 언니 집에 일을 하러 온 처녀에게 한눈에 반해 앞뒤 돌아보지 않고 황소처럼 돌진하였다. 어느 누가 선수를 칠지 몰라서였다. 나중에 결혼하고 보니 친형도 은근히 좋아하였는데, 동생과는 달리 숫기가 없어 뜸을 들이고 체면을 차리다가 동생에게 양보를 한 셈이었다.

최 할머니는 큰 샘물을 한 모금 마시고 언덕배기 큰길로 올라섰다. 물맛은 예전이나 지금이나 조금도 변함이 없었다. 언덕배기 큰길은 시멘트로 포장되어 있어 경운기가 오르내릴 정도였다. 지난날에는 지게로, 머리로, 이고 지고 가파르고 좁은 길을 오르내렸다. 아이구야, 이게 누구네 건조장 자리더라? 최 할머니는 잠시 걸음을 멈추었다. 김을 뜨고, 발장과 건조대를 쌓아두었던 움막이 그대로 버려져 있었다. 모든 게 흔적 없이 사라진 줄 알았더니 이것이 남아 있을 줄이야.

최 할머니는 마을길로 돌아들었다. 일몰이 시작되었다. 거금대교 위에 걸려 있는 서녘 해가 작은 꽃사슴처럼 귀를 쫑긋 세우고 있는 소록도를 아우르고 있는 바다를 붉게 물들이고 있었다. 이런 경계가 또 어디 있을까? 최 할머니는 옷고름을 여미듯 고향의 경계를 가슴에 안았다.

작가의 말

드넓은 바다, 웅숭깊은 산은 말이 없으나, 종류도 다양한 무수한 생명의 소리를 품안는다.

자연 속에 묻혀 지낸 지도 십 년 세월이 흘렀다.

낙엽을 밟으며 술병을 들고 찾아오는 벗들과 감나무 가지에 매달린 홍시를 시린 눈으로 바라보며 생명의 소리를 듣노라면 문득 도연명이 눈앞에 다가선다. 그때나 지금이나 낮닭 울음소리, 개 짖는 소리만 들릴 뿐 시골의 정취는 고요롭다.

무릉도원을 꿈꾸었던 도연명과는 비교할 수 없으나, 도시의 잡다한 소음과는 무관한 자연의 경계야말로 밤하늘의 별을 헤아리게 한다.

어려운 가운데 기꺼운 마음으로 산고의 역할을 맡아주신 산지니 사장님과 그 가족들에게 감사를 드린다.

한 해를 보내면서

助藥島人 語山 정형남

작가 약력

정형남

현대문학 추천

월간문학 신인상

세계의문학 중편『난동(暖冬)』발표

작품 활동

창작집 :『수평인간』『장군과 소리꾼』『진경산수』

중편집 :『반쪽거울과 족집게』『백갈래 강물이 바다를 이룬다』

장편소설 :『숨겨진 햇살』『높은 곳 낮은 사람들』『만남, 그 열정의 빛깔』『여인의 새벽』(전 5권)『해인을 찾아서』(대산창작지원금 수혜)『토굴』『천년의 찻씨 한 알』(문예진흥기금 수혜)『삼겹살』(문화체육관광부 우수교양도서 선정)『감꽃 떨어질 때』(세종우수도서, 전주영화제 작품 선정)『남도』(전 5권), (제1회 채만식문학상 수상)

:: 산지니 · 해피북미디어가 펴낸 큰글씨책 ::

문학

보약과 상약 김소희 지음
우리들은 없어지지 않았어 이병철 산문집
닥터 아나키스트 정영인 지음
팔팔 끓고 나서 4분간 정우련 소설집
실금 하나 정정화 소설집
시로부터 최영철 산문집
베를린 육아 1년 남정미 지음
유방암이지만 비키니는 입고 싶어 미스킴라일락 지음
내가 선택한 일터, 싱가포르에서 임효진 지음
내일을 생각하는 오늘의 식탁 전혜연 지음
이렇게 웃고 살아도 되나 조혜원 지음
랑(전2권) 김문주 장편소설
데린쿠유(전2권) 안지숙 장편소설
볼리비아 우표(전2권) 강이라 소설집
마니석, 고요한 울림(전2권)
페마체덴 지음 | 김미헌 옮김
방마다 문이 열리고 최시은 소설집
해상화열전(전6권) 한방경 지음 | 김영옥 옮김
유산(전2권) 박정선 장편소설
신불산(전2권) 안재성 지음
나의 아버지 박판수(전2권) 안재성 지음
나는 장성택입니다(전2권) 정광모 소설집
우리들, 킴(전2권) 황은덕 소설집
거기서, 도란도란(전2권) 이상섭 팩션집
폭식광대 권리 소설집
생각하는 사람들(전2권) 정영선 장편소설
삼겹살(전2권) 정형남 장편소설
1980(전2권) 노재열 장편소설
물의 시간(전2권) 정영선 장편소설
나는 나(전2권) 가네코 후미코 옥중수기
토스쿠(전2권) 정광모 장편소설
가을의 유머 박정선 장편소설
붉은 등, 닫힌 문, 출구 없음(전2권) 김비 장편소설
편지 정태규 창작집
진경산수 정형남 소설집
노루똥 정형남 소설집
유마도(전2권) 강남주 장편소설
레드 아일랜드(전2권) 김유철 장편소설
화염의 탑(전2권) 후루카와 가오루 지음 | 조정민 옮김
감꽃 떨어질 때(전2권) 정형남 장편소설
칼춤(전2권) 김춘복 장편소설
목화-소설 문익점(전2권) 표성흠 장편소설
번개와 천둥(전2권) 이규정 장편소설
밤의 눈(전2권) 조갑상 장편소설
사할린(전5권) 이규정 현장취재 장편소설
테하차피의 달 조갑상 소설집
무위능력 김종목 시조집
금정산을 보냈다 최영철 시집

인문

엔딩 노트 이기숙 지음
시칠리아 풍경 아서 스탠리 리그스 지음 | 김희정 옮김
고종, 근대 지식을 읽다 윤지양 지음
골목상인 분투기 이정식 지음
다시 시월 1979 10 · 16부마항쟁연구소 엮음
중국 내셔널리즘 오노데라 시로 지음 | 김하림 옮김
파리의 독립운동가 서영해 정상천 지음
삼국유사, 바다를 만나다 정천구 지음
대한민국 명찰답사 33 한정갑 지음
효 사상과 불교 도웅스님 지음
지역에서 행복하게 출판하기 강수걸 외 지음
재미있는 사찰이야기 한정갑 지음
귀농, 참 좋다 장병윤 지음
당당한 안녕-죽음을 배우다 이기숙 지음
모녀5세대 이기숙 지음
한 권으로 읽는 중국문화 공봉진 · 이강인 · 조윤경 지음
차의 책 The Book of Tea
오카쿠라 텐신 지음 | 정천구 옮김
불교(佛敎)와 마음 황정원 지음
논어, 그 일상의 정치(전5권) 정천구 지음
중용, 어울림의 길(전3권) 정천구 지음
맹자, 시대를 찌르다(전5권) 정천구 지음
한비자, 난세의 통치학(전5권) 정천구 지음
대학, 정치를 배우다(전4권) 정천구 지음